구름공장
CLOUD FACTORY

아직 나는, 한 번쯤은
더 반짝이고 싶어

| 올리비아 지음 |

구름공장
CLOUD FACTORY

"저는 구름이요. 저렇게 자유롭게 떠다니는 구름이요."

바른북스

목차

프
롤
로
그

프
롤
로
그

"같이 탈출시켜 주세요. 어디로 가시는지 몰라도 데려가
줘요. 묻지 않고 따를게요. 같이 일하고 싶은 분이 이젠 없
어요, 진심이에요."

물론 예의상 말하는 회사 생활용 문장들이라 할지라도,
내심 기분이 좋았다. 더 붙잡아 두고 싶어 하는 마음에 두
달여 나를 회피한 것 말곤. 수많은 자기 계발 서적에 있거
나, 누구에게나 하는 퇴사 프로세스 인터뷰가 아닌, 이런
대화들로 채워지는 또 하나의 나의 챕터가 참 좋았다. 매
달 꽤 높은 월급이 꼬박꼬박 들어오는데, 이제는 아군들이

많아져 편하게 다닐 수 있는 회사를, 굳이 왜라는 일반적인 질문들로 숱하게 반복되는 대화가 아니어서 말이다. 물론 일반적인 관계의 동료들과 해야만 했던 통상적인 절차에는 포함되는 질문들이었지만 말이다. 그럼에도, 내가 선택한 이 길이 맞는지 되씹어 보며 주저하게 되는 질문들이 우선되지 않아서 마음이 더 편했던 것 같다. 덜 선명하고, 덜 명확함에서 오는 불안함이 아직 공존하기에 말이다. 그럼에도 불구하고, '캐시 플로우 좀 더 챙기시지, 바깥은 위험한 것 아시면서, 이제 그냥 편히 다니시지.' 등의 우려 섞인 말에는 전적으로 동의한다. 그래서 약간은 차갑게 느껴지는, 그렇지만 필수적으로 필요한 질문들이란 것을 알기에, 그에 상응하는 차가움을 배제한 일반적인 대답들도 있었다. 그래도 그런 관계의 대화에서조차 사뭇 다른 진심을 느낄 수 있었다. 전혀 예상치 못했던 강한 어조로 시작된 동경의 말들에 놀랍기도 했고, 생각지 못했던 이들까지 건네주는 따뜻한 말들도 참 좋았다. 피할 수 없는 질의응답 시간에 굳이 알려주고 싶지 않은 나의 얘기나, 굳이 듣고 싶지 않은 객관적 이득을 셈해보라는 얘기들로 나의 주저함을 다시 일깨우는 시간으로 채워버리지 않아도 됨에 말이다. 다행히 지속되는 현실 조언들 속에서도 다소 천진난만했던 한마디가 모든 상황을 마무리하는 듯했다. 듣는 이로 하여금 당황스러운 표정을 못 숨기게 하면서도, 끄덕일 수밖에 없는 일침으로 말이다.

"근데, 나 한 번쯤은 더 반짝이고 싶어."

이렇게 한 단계가 잘 끝나간다는 기분에, 다소 의도된 힘찬 숨을 내쉬는 순간, 문득 나의 주니어 시절이 떠올랐다. 내가 하고 싶은 말만 잔뜩 하고 싶었던, 살아 나가기에 급급하여 사회생활에 정신없지만, 활기차고 풋풋했던, 그러나 무수한 시련으로 가득했던 그 시절 말이다.

"다시 태어난다면 사람이 아닌 무엇으로 태어나고 싶어요?"

내리쬐는 여름 햇볕을 맞으며, 회사 앞 벤치에 앉아 소프트콘 아이스크림을 손에 들고는, 갑작스러운 질문에 서로의 눈을 잠시 응시했다. 그러고는 다시 청명한 하늘로 시선을 돌려 대화를 이어갔다.

"저는 구름이요. 저렇게 자유롭게 떠다니는 구름이요."

강렬한 햇살에 찌푸리듯 눈을 애써 떠보지만, 입가는 나도 모르게 실룩거리며 올라가 있었다.

"저 구름은 내 것, 저거는 과장님 것 하세요!"

우린 마치 십 대 소녀들처럼 까르르하며 마냥 웃어댔다. 그리곤, 벌써 십 분이 지났다며, 흘러내릴 뻔한 소프트콘 아이스크림을 한입에 처리하고는 둥그레진 볼이 서로 웃긴다는 듯 입술은 꼭 다문 채, 눈으로 싱긋싱긋 눈빛을 건네며 힘차게 일어났다. 무더운 날씨였지만 잠깐의 그늘 바람이 시원했고, 녹아버린 아이스크림이지만, 입안은 수분을 가득 머금은 채 선선했다. 그렇게 든든한 구름 하나씩 가슴에 품고 또각또각 구둣발 소리를 내며 분주하게 사무실로 발걸음을 옮겼다. 이게 뜬금없이 무슨 뜬구름 잡는 얘기인가 싶겠지만, 그렇게 뜬구름 잡으러 구름공장으로 향해본다. 나의 비밀 구름 이야기 속으로 말이다.

구름공장 아키텍처

구름공장 아키텍처

AI 디지털 기술에 기반을 둔 전략 기획 업무를 하다 보니, 구름이라는 단어를 맞닥뜨리다 보면, 아무래도 기술적인 얘기를 배제할 수 없게 된다. 그러면서 '구름'이라는 단어가 주는 양면성 아니, 다양성을 새삼 느끼게 된다. 우선 나에게 구름이란 이미지는 오아후 카일루아 비치에서 선명한 빛을 발산하는 무지개 옆임에도 밀도 높은 하얀색을 뿜내며 위세 당당하게 떠 있던 너무나도 눈부시게 새하얗던 뭉게구름이 떠오른다. 라니카이 비치에서 밟았던 곱고 고운 지점토 같았던 모래가, 마치 구름에 발이 닿으면 이런 느낌일까 하는 존재하지 않는 촉감 경험까지도. 이런 나의 동화적 느낌에 반해, 일상생활에서의 구름은 감정 상태를 나타내는 의미로도 쓰인다. 대표적으로 기분이 안 좋음을 흐림으로 표현해 주는 이모티콘처럼 말이다. "구름 낀 마음"이란 구절은 어둡고, 다운된 기분을 나타내 주는 의미로 쓰인다. 모바일 텍스트에 있는 이모티콘만 보더라도, 세트처럼 여겨지는 구름에 비, 구름에 번개 등도 엄청난 기분 나쁨으로 사용되는 것처럼 말이다. 내가 속해 있는 산업 분야에서의 구름은 클라우드(Cloud)로 불리며, 인터넷 통신망 기반의 컴퓨팅 서비스 대부분을 뜻한다. 쉽게 말해 사용자 입장에서 보면 구름에 싸여 보이지 않는 인터넷 통신망 어딘가에서 필요할 때마다 컴퓨터나 스마트폰으로 불러와 사용하는 서비스를 말한다. 나도 이 서비스가 왜 구름 이미지로 표현되는 것일지 이해하려고 애쓰던 시절이 있었다. 비전문가 입장에서의 가장 높은 이해도를 얻을 수 있는 말은 다음일 것 같다. 대부분의 많은 클라우드 서비스 사업을 개진하시는 분들이 활용했던 말을 옮겨와 보면

'클라우드 서비스를 사용하신다는 것은, 내부는 저희가 알아서 해드린다는 뜻입니다. 내부는 전혀 모르셔도 되고,

언제든 원하실 때, 원하는 장소에서 언제든 사용할 수 있으십니다. (Any-time, Any-where)'

라는 것이다. 더 쉽게 말하자면, 넷플릭스나 디즈니플러스를 개인 모바일에서 인터넷만 연결이 되어 있다면 언제 어디서든 보고 싶을 때 볼 수 있다는 뜻이다. 우리는 물리적 하드웨어가 어떻게 클라우드에 연결되고, 논리적 소프트웨어가 어떻게 분리되어 서비스되는지 몰라도, 그 내부적인 환경은 클라우드로 가려진 채, 우리가 지불하는 비용만큼 서비스를 선택하고 받고 있다. 그렇다, 우린 이미 구름(클라우드) 세상에 살고 있다. 자연 현상으로 대기 중의 수증기와 먼지 등이 모여 생성되는 구름이나, 기술적으로 서비스되고 있는 클라우드 세상에서 말이다. 잠시 주위를 둘러보니, 모서리 둥근 모양의 뭉게구름 여럿이 뽐내듯이 형광 에메랄드빛을 내뿜으며 저 높은 간판 위로 선명하게 보인다. 어울리지 않게 바람 한 점 없는 고요한 적막이 흐르는 구름 제작소 건물 간판 위로 낯설게 보인다. 오래전부터 저곳에 저렇게 있었지만, 쉽게 발걸음을 옮겨 이곳에 서게 되는 일은 없었다. 오늘만은 다르다. 난 이곳에 서 있고, 한 걸음 더 딛게 될 때마다 불안함과 주저함은 커져만 갔다.

'내가 온 것을 알까, 알겠지. 벌써 내 얼굴이 다 녹화되고 있을 거야, 이제 되돌리는 건 의미 없어. 그래, 이미 루비콘강을 건넜어!'

꽤 오랜 시간 서 있었지만, 아무런 일도 일어나지 않았다. 이런 나의 무거운 발걸음과 긴장된 얼굴이 적나라하게 드러날 것만 같았고, 이로 인한 뭔가 불편한 마음들이 속에서 발현되고 있음을 느끼고 있었다. 마치 나 자신이 무장해제된 듯 들킨 것만 같다고 해야 할까. 이런 내 생각이 제발 틀렸다고 누군가 말해주기를 바라기까지 했다. 내가 볼품없다 느껴지는 순간이다.

'이러려고 온 것이 아닌데, 이건 내가 아닌데!'

다시 한번 난 괜찮다는 단어를 되뇌며, 한 걸음 떼보려 다리에 힘을 주어본다. 난 아직 공황장애도 오지 않았고, 마약도 하지 않았고, 아직 정신도 멀쩡하다. 아니, 안 멀쩡한가. 몇 번이나 왔다 갔다 하는 나의 마음을 다잡고, 무릎을 올려 땅에서 내 발바닥을 떼고 공중에 올려본다. 그리고 다시 내 발바닥을 땅에 내려놓으며, 순간 기분이 나아짐을 느낀다. 한 발을 더 내디뎌 본 순간이다. 나도 모르게 내 발등이 가속을 붙인 듯 올라갔다 내려갔다 하며, 자동문이 열리는 입구 앞에 서게 되었다. 이 순간의 기분은, 내가 이곳을 떠나오면서도 다시 떠올리게 되는 순간으로 기억된다. 불안했지만 구름공장 안으로 들어서니 주저했던 나 자신은 기억조차 나지 않았으니 말이다. 눈을 질끈 감고, 순식간에 건물 안으로 들어선 나에게, 바람 한 점 없던 공간에 나의 머리카락이 몇 올 휘날렸고, 나의 호흡이 살짝 붕 떠 있다는 것을 느꼈다. 내 앞에 펼쳐질 일들이 무엇일지는 몰라도, 지금 이 시원하고 선선한 촉감과 함께, 내가 한 발을 디뎌 지금 여기까지 와 있다는 사실에 집중했다. 어느새 긴장감은 사라지고 쾌적함이 남아 있었다. 이런 기분을 느낄 수 있게 해준 나의 선택과 발걸음을 옮겨준 실행력에 안도의 셀프 칭찬을 하기 시작했다. 그리고 이 감정을 계속 떠올려 본다. 좋다, 생각만 다시 하는 것임에도, 찰나의 감정과 감촉이 되살아나는 기분이다. 내 발등이 절로 올라가지며, 내 발바닥은 가볍게 바닥을 툭툭 터치해 보는 느낌이다. 어디선가 얇고 선선한 바람이 내 얼굴을 스쳐 나도 모르게 입꼬리가 올라가는 내가 느껴진다. 비교적 긍정적인 구름 이미지를 선입견으로 품고 있던 나는, 그제야 기분이 나아짐을 느낀다. 그러나 구름 제작소는 그렇게 낭만적이지만은 않다. 구름 제작소의 간판만 보아도, 첨단 기술로 무장된 디지털 선도 기업으로 보인다. 간판 옆에는 이전에 보지 못했던 웅장한 구름으로 그려진 QR 코드도 눈에 띈다. 굳이 공장이라는 기계적인 단어를 사용한 것도 그렇다. 설령, 구름 제작소라는 단어가 실제로 구름을 만들어 내는 공장이라 할지라도, 보여지는 첨단 과학, 단어가 내포하는 동화적 요소, 개인의 선입견에 따른 다양한 이미지들은 왠지 모를 위압감을 만들어 내는 데 충분하다. 선뜻 문 앞에 서기가 주저되는 이유는 이곳이 궁금하지만, 궁금증의 크기보다 낯선 환경으로부터 오는 새로운 것에 대한 수용력의 부족함이 더 크다는 것으로 설명할 수 있을 것 같다. 이 말에 동의한다면, 나와 같은 늙어감의 스펙트럼이 커지는 이일 것이다. 아니, 표현을 바꿔보자면, 새로운 도전을 도전이라 생각지 않고 자연스럽게 체득되는 적응력이 더 우선되는 '젊음'보다는(마치 아이들이 배운 적도 없는 디지털 기기들을 서슴없이 사용하는 것처럼) 여러 가지 발생할 수 있는 상황을 예측할 수 있는 경험이 '많음' 정도로 해두는 것이 편하겠다. 분석 및 발굴에 생각의 확장과 구체화 로직이 더해지는 나의 직업병이 더 발현되려는 찰나, 구름공장 건물 간판에서 보였던 구름 이미지가 어느새, 내 앞

에 다가왔다. 훨씬 맑고 선명함을 갖춘 구름이었다. 신비함
에 눈을 떼지 못하고, 마냥 바라보았다. 허공에 떠 있는 형
광 에메랄드빛으로 아웃라인 빛을 내며 입체 구름이 나에게
말하기 시작한다. '구름이'로 부를지, '클루디'로 부를지 언어
선택을 하라는 내용으로 한국어로 한 번, 영어로 한 번 설
명하더니, 더 많은 언어 옵션도 있다며 낭랑한 보이스로 말
한다. 자연스레 클루디로 선택하려는 마음이 드는 순간, 피
식 웃게 되면서 구름이로 선택하였다. 다양한 언어를 여전히
갈망하고 있지만, 그래도 이런 상황에서 불편함 없이 선택
지 중의 하나로 느끼는 나를 인지했다. 그동안 참 부지런히
도 살아왔기에 갖게 되는, 왠지 모를 보상이라 느껴지는 작
은 기쁨의 순간이었다. 이것이 나를 피식 웃게 하였던 이유
같다. 어찌 되었든 나는 작은 실수도 하고 싶지 않았고, 온
전히 잘 이해하고, 매우 잘하고 싶었기 때문에 구름이로 선
택하였다. 나의 이름은 유정성이다. 보통 사람들이 대개 그
러하듯, 부모님께서 나의 이름을 지어주셨다. 곧을 정을 뜻
하는 한자와 이룰 성을 뜻하는 한자의 의미이다. 곧게, 바르
게 이루리라는 뜻으로 해석할 수 있다. 한국어 사전적 의미
로 정성은 어떤 행동이나 일을 할 때, 진정성 있게 마음을

다한다는 뜻과 진실한 마음가짐과 노력을 통해 무엇을 만들 거나 이룰 때 뜻하는 단어이기도 하다. 성을 붙여 유정성이 라는 단어의 사전적 의미는, 어떤 상태가 일관되고, 변함없 는 성질이나 특성을 갖는 것으로, 일관성과 안정성을 뜻하 고, 변화가 적고 예측할 수 있는 상태를 뜻한다. 이렇듯, 나 를 칭하는 나의 이름도 다양한 의미를 내포한다. 이러한 이 름으로 40여 년을 살아가고 있는 나는, 부모님 말씀에 의하 면, 나의 유년기 시절은 한없이 순하지만, 옳고 그름을 논하 기에 일등이던 어린아이였다 하셨다. 18년여를 함께 살고 있 는 나의 남편은 나를 표현하기를, 어디로 튈지 모르는, 자그 마한 머릿속에 무엇이 그렇게 꽉 차 있는지 궁금한 사람이 라 표현한다. 여느 부부가 그렇듯, 18년을 살고 있어도 어려 운 사람이라고 말이다. 다행히 이런 표현을 할 때, 그래도 얼 굴에 웃음을 품고 애정 어린 투정의 눈빛을 보내고 있으니 행복하다. 여하튼, 나를 칭하는 나의 이름의 의미와 때론 부 합하게, 때론 부합하지 않는 듯한 인생을 살아가고 있다. 이 런 나는, 중년 여성으로 중간 키에 중간 몸무게 중간쯤의 세 련됨을 장착한 물리적 피지컬을 갖추고, 여느 때보다 긴장되 고 낯선 감정 상태를 추스른 채, 구름공장 안으로 들어섰다.

구름 제작소 규칙

구름 제작소 규칙

구름이로 부르겠다고 선택하자마자, 내 주변이 점차 어두워지더니, 어디선가 불어오는 선선한 바람이 약간 차가운 듯 온도가 바뀌며 내 온몸을 휘감았다. 중심을 잃은 듯 살짝 휘청거리며 몇 초간의 진공상태를 느끼게 되자, 그사이 내 주변의 어둠 속에서 빛나는 섬광들이 내뿜기 시작했다. 마치 내가 은하수 한가운데서 둥둥 떠 있는 것 같이 손발이 힘 빠진 채, 허공에 떠 있는 것이 보인다. 내 발이 바닥에 다시 닿고, 내 손끝에 살며시 힘이 들어간 순간, 적당한 온도의 바람과 함께 멀리서 다가오는 녹색 오로라부터 보랏빛 줄기까지 어울려 춤을 추듯 빛들이 환상적으로 펼쳐지기 시작한다. 달빛인지 오로라의 후광인지 모를 은색 빛깔들의 섬광이 점점 굵어져 강해지며, 밤하늘을 가득히 채운 눈 덮인 평원에 반사된 것처럼 한층 아름다운 빛들을 발산한다. 춤을 추던 빛들이 갖가지 유선형의 무늬와 작고 큰 아치들로 형상화되더니, 그 아웃라인의 빛이 더욱 빛나고 화려해진다. 마치 우주에서 바라보는 초록 지구가 이러하였을까. 지구와 우주의 경계가 허물어져 희미해지고, 녹색 빛의 오로라와 에메랄드빛의 바다가 어우러져 내 눈동자에 출렁인다. 내 두 눈엔 어느새 보레알리스 오로라(Borealis Aurora)가 가득 차 있었다. 이내 잠시 고요해진 찰나, 구름이가 다가와 간단명료하고, 견고하게 규칙을 설명하기 시작한다.

"구름공장에 오신 것을 환영합니다. 구름공장은 철저히 고객 맞춤형 구름 제작소입니다. 다양한 상황에서 사용하고 싶으신 구름을 선택하세요. 그리고 체험하세요, 그 체험을 내 기억 속의 경험으로 저장하고 싶다면, 기억 저장공간 메모리와 운영 비용 그리고 사후 유지보수 비용까지 합한 비용을 지불하셔야 합니다. 단, 혼자만의 경험으로 기억될 것입니다. 선택하신 구름의 영향으로 주변인들에게 부정적인 영향을 끼치게 되면, 구름 선택권은 더 이상 주어지지 않습니다. 또한, 구름 실행 버튼 이전으로 되돌아갑니다. 구체적인 비용 상담은 별도 테이블에서 진행됩니다. 특별 맞춤 제작 기간이 포함되므로, 타임 매니지먼트를 철저히 하시기를 바랍니다. 비용 지급이 없는 구름 체험도 가능하며, 한 번 소진한 구름은 다시는 제작되지 않으니, 구름 선택에 신중을 기하시기를 바랍니다."

구름공장에 들어서기 전까지의 두려움과 무서움은 온데간데없이 사라졌다. 구름이의 건조하고도 안정적인 발성으로 설명되는 구름 제작 과정에 흠뻑 빠져들고 있었다. 나는 하나도 놓치지 않으려 온몸의 신경을 재정립하여 초점을 한 곳으로 맞추곤 정신을 가다듬었다. 또한 나의 선택으로 앞으로의 나의 삶에 끼칠 긍정적인 영향에 대해 병행으로 생각했다. 나는 훌륭한 구름 선택을 할 것이고, 이 주어진 기회를 또 십분 활용할 것이다. 비용을 지불하면서까지 더 힘들게 살아가는 사람들처럼 절대 되지 않을 것이며, 그렇기에 난 내 선택에 철저히 책임질 것이고, 그 결과에 만족할 것이다. 그래서 나는 더 집중하고 신중할 것이다. 냉철하게 따져보면 실제 일어나는 일도 아니고, 내 기억 속에서만 존재하는 상상을 실제 일어난 일처럼 느끼게 해준다는 것은, 무언가 현실 세계와 구분이 모호해지고, 부수적인 효과들로 인한 주변인들의 변화는 내가 감당하고 싶지 않은 도덕적 경계선이었다. 이러한 바운더리까지 고려하고 싶지 않았다. 이것이 체험을 먼저 선택한 이유였다. 지금 당장, 내 인생에 있어 빅뱅 같은 변화가 일어나길 바라는 것도 아니고, 새로움에 스며들며 변화하고 싶었던 마음이 더 컸다. 희미하게 바래지는 빛이 되는 것이 아닌, 다시 한번 반짝이고 싶은 나의 마음이 더 컸다. 게다가 좀 더 개선된 삶을 살아가는 데에 도움이 된다면 기꺼이 경험해 볼 만한 가치가 있다고 생각한다. 체험 수준으로 먼저 도입해 보고, 실제 비용 지급 가치가 있다고 판단되면 순차 적용해 보면서, 그로 인한 객관적 결과가 타당하다 결론 내어지면 확장해 나가는 것이 나에겐 더 익숙하다. 아무래도 이런 단계적 접근법(Phased Approach)은 나의 업무 전략과 맞닿아 있었다. 디지털 전환(Digital Transformation)이 메인 업무이다 보니,

변화관리(Change Management)에 공을 들일 수밖에 없다. 기업 내에서의 변화는 대부분 모든 사람이 경각심을 가질 수밖에 없는 요소이고, 단순히 말해 그냥 싫어한다. 수많은 이득이 있다고 설명하는 논리에도 나와는 상관이 없는, 내 숙제가 아닌데 굳이 왜 일하는 방식을 바꾸냐는 기본 마인드 위에, 디지털 기술이 내 자리를 빼앗을 수도 있다는 경계심과 내가 실상 하는 일이 그렇게 많지도, 어려운 것도 아닌 것을 들키게 될까 불편해하는 마음들이 더해져, 거부 반응이 나올 수밖에 없는 것이다. 잘 해내지 못하면 어쩌나 하는 두려운 마음과 하기 싫은 것을 해야 하기에 귀찮아질 거라는 우려도 함께 말이다. 이런 거센 반응들 속에서도 성공하기 위해서는 이러한 변화를 자연스럽게 스며들게 하는 것, 아니면 강제적으로(매우 효과 빠르고 유용하지만, 부수적인 사이드 이펙트가 클 수 있는) 접근하여 변화를 종용하고 따르게 하는 방법론들이 있다. 그래도 우리는 동료이니 이점을 알려주며 선택하게 하고 싶은 마음이 먼저였다. 단, 나의 전략은 표면은 무섭지 않지만, 내면은 개인 자가 공포 전략을 숨겨 놓았다. 변화하지 않으면 바보 같은 낙오자가 되는 것만 같고, 따라 하면 괜히 스마트하면서 리딩 선두주자가 되는 환경을 만들어 주는 것이었다. 거부만 안 하고 가만히 있으면 되는데, 이래도 안 할 거냐는 자의를 심어주는 것이다. 이런 의구심이 스스로 발생시키는 자기 공포를 심어주기 때문이다. 하여튼, 전쟁이나 기후로 인한 불가항력적인 메가 변화들이 아닌 이상, 새로운 변화에 적응할 수 있는 시간과 변화를 받아들일 수 있는 수준을 만들어 주거나, 마음의 준비를 기다려 주는 것도 좋은 방안이라 생각한다. 단, 그 시간은 의사 결정권자들이 흡족할 만큼 매우 짧아야 하고, 시장 진입 시기가 늦어지지 않게 결과물도 만들어 내야 한다. 그러기에 나는 매우 치열하게 고민하며 일을 한다. 그로 인해서 실행 가능한 디지털 전략을 구현해 내는 것까지가 나의 업무 스타일이다. 어차피 해야 할 일들을 적어도 즐겁게 하려면 성공의 기쁨을 맛보는 것이 우선이고, 함께 발전하며 성공하는 것이 업무 성과 결과로 오는 동시에 매력적인 나만의 경쟁력을 만든다. 나만의 팬들을 만들게 되었던 바탕이라고 할까. 솔직히 사 측에 가깝게 일을 해온 것이 맞지만, 그래도 나름 팀원들과 경영진의 온도 차를 줄이려고 애써왔다. 이런 나의 업무 방향성과 영향력에 시기와 음해도 난무했지만, 지쳐 있던 나에게 한 줄의 문자

메시지는 강력했다.

"I'm your big fan!"

구름공장에 들어서기 전, 자의적 물음이 다시 떠오르는 대목이다. 나는 큐뮬러스에 가까운가, 아니면 큐뮬부스에 가까운가. 씨러스가 아님에는 분명했다. 여하튼, 이런 것이 개념적인 나만의 고성과 전략 기획 방법론이라 한다면, 경영진 설득을 위한 단계적 접근법은 비용 대비 효율성이다. 더욱 효율적인 비용 지출을 통해 더욱 효과적인 좋은 영향력을 끼쳐보겠다는데, 어찌 승낙을 안 하겠는가가 주요 포인트이다. 이것이 나의 디지털 전략 기획 승인 비법이기도 하다. 자세한 내용을 언급하기보다, 대신 키포인트를 말하자면, 그 기획의 주요 콘텐츠가 핵심 아이템이 무엇인지가 가장 중요하듯, 어떤 종류의 구름을 선택할지, 어느 시점에 그것을 어떻게 활용할지가 관건일 것으로 생각한다. 물론 다양한 사람들은 다양한 이유와 상황들로 처음부터 고비용을 지불하기도 한다. 맞는 비유인지는 모르겠지만, 고비용(고리스크)이 고수익이라는 말이 있듯이 말이다. 구름공장 얘기로 돌아와 다시 떠올려 본다. 구름 선택과 적용으로 인해 주변에 부정적인 영향을 주게 되면, 앞으로 구름 선택도 없다는 문장이 주는 무게감이 상당하다. 혼자만의 상상으로 그것이 사실인 양 생각하며 살아간다는 것이 뭐 그리 나쁠까 하는 사람들도 많을 것이다. 그냥 경도 치매 정도의 환자가 되는 것이라면, 기꺼이 선택하겠다고 하는 것처럼 말이다. 치매는 단지, 그 모습을 지켜보는 가족과 주변인들이 더 힘든 걸까. 경도 치매 정도라면 정말 환자는 안 힘들까. 마음의 괴로움이 무시될 수 있는 정도일까. 이 부분에 있어 옳고 그름이 없듯이 많은 사람의 선택이 달라질 것이다. 좀 더 솔직함이라는 단어로 포장된 이기심이 더 선행된다는 사람들은 기꺼이 내가 느끼는 감정과 생각이 가장 중요하고, 그것으로 나는 다른 사람에게 피해를 주지 않을 것임을 지극히 단언하면서 그 선택을 하게 되는 경우도 상당할 것이다. 물론 어찌 보면 이기심이라 볼 수도 있지만, 발생하지 않은 일에 대해서는 이기심이 아닌 개인주의일 수도 있으니, 그 선택도 존중할 수밖에 없다고 생각한다. 주어진 환경과 성향이 다를 수밖에 없기에 정답은 없다. 아무리 사회적 합의가 단단히 이루어져 있는 사안이라 할지라도, 돌발 사태나 예외는 언제나 존재하기 마련이니까 말이다. 하지만 그런 선택을 할 때는 그 시점의 그 단언하던 마음가짐이 살아가면서 더 확고해져야 한다고 본다. 그래서 구름공장의 규칙도 이렇게 견고하지 않을까 생각해 본다.

「 구름제작 규칙 6요소 」

삶의 선험적 지혜를 습득할 수 있는 규칙을 학습 및 준수하세요.

규칙 1. 시나리오 설정 변경 불가

규칙 2. 과거 회귀 분석 및 실행 불가

규칙 3. 구름은 지역 변수이자 독립변수 (전역변수 불가)

규칙 4. 변수 레인지는 설정할 수 있으나 변경 불가

규칙 5. 반려동물 관계 적용 불가

규칙 6. 구름과 안개 구별 필요

단순 명료한 규칙임에도, 다시 한번 상기하고 이해를 높이고자, 구름공장 기초 과정 학습 결과물을 공유해 본다. 사실 이 규칙들은 5번, 6번을 제외하고 다 같은 말이다. 이 공계 출신이 아닌 이상, 특히 생소할 수 있는 규칙 2번, 3번을 좀 더 언급해 본다. 과거 회귀(Backward Regression) 분석은 통계학 기반의 기계 학습에서 사용되는 변수 선택 기술 중 하나로써, 다중 선형 회귀 모델을 만들 때, 독립 변수(입력 변수)들 중에서 특정 변수의 중요성을 평가하거나 모델의 복잡성을 줄이기 위해 사용된다. 일반적으로 다중 선형 회귀 모델을 만들 때 모든 가능한 독립 변수를 모델에 포함하면 과적합(Overfitting)의 위험이 발생하게 되고, 데이터 트레이닝이 지나치게 되면서, 이에 따라 새로운 데이터에 대한 일반화가 어렵게 될 수 있다. 이것은 불필요한 변수를 제거하거나 의미 있는 변수만을 선택하여 단순화하는 것의 중요성을 반추한다. 다시 말해, 변수 선택의 기회가 한 번뿐이니 잘 선택하라는 것이다. 여기서 변수 선택은 구름을 뜻하며, 지역 변수의 레인지는 그 구름이 끼치는 영향 범위 설정을 뜻할 수 있다. 좀 더 설명하자면, 과거 회귀는 변수 선택 기술 중 하나로, 아래와 같은 절차로 된다.

$$Y = \beta_0 + \beta_1 X_1 + \beta_2 X_2 + \ldots + \beta_n X_n + \epsilon$$

1. 독립 변수를 포함한 모델 생성
2. 변수 중요성 평가 위한 통계 지표 사용
   (P-value, T-value 등)
3. 가장 중요성 낮은 독립 변수를 하나씩 제거하고
   나머지 변수들만으로 모델 성능 평가
4. 제거된 변수가 모델 성능에 큰 영향을 미치지 않는
   경우 해당 변수 제외 후, 2단계로 회귀 및 반복 실행
5. 변수 중요성 평가 만족할 때까지 3~4단계 반복

   위의 과정을 통해 가장 적절한 변수와 그를 포함한 모델
을 만들 수 있고, 이것을 통해 모델을 단순화하면서 일반
화 성능을 향상할 수 있는 것이다. 이러한 변수 선택 기술
에 따라 결과가 달라질 수 있기에, 변수는 신중하게 적용하
고 변수 선택 및 적용 이후에도 충분히 검증하여 신뢰성을
확보하는 것이 중요하다. 결론은 이것을 하지 말라고 하는
것이니까, 변수 선택 중요하고, 바꿀 수 없으니까 잘 선택하
라는 뜻이다. 규칙 5번은 관계 사항이 없고, 규칙 6번으로

시선이 한참을 멈추었다. 도무지 제대로 이해가 되지 않는 항목이었다. 나름 업무상 해결이 필요할 때 생각하는 방법을 적용해 보았다. 크리티컬 싱킹 이론을 나름의 방식으로 활용하여 개인화(Personalization)한 방식이다. 이것을 이러한 문제 해결 기법으로 접근해 보면, 무엇이 같기에 구별하라는 것인지에 초점을 두었다. 내가 이해하는 바로는, 구름과 안개는 같은 성분과 주변 대기층의 영향으로 생성되는 것으로 알고 있다. 생성되는 구성성분도 같고, 사라지는 것도 같아서 일시적임과 무영원성을 갖고 있는데, 같은 것에 대한 다음 단계로 생각을 확장해 본다.

'어렵네. 어렵다. 다른 것은, 구름은 떠 있고, 안개는 가라앉아 있는 것? 어렵다. 이 규칙이 존재하는 이유에 가까이 가지 못함은 내가 문과생이 아니어서는 아닐 것이다!'

아무튼, 완벽한 이해는 아니지만 다음 단계로 나아가고자 하는데,

'역시나 나와 같은 사람이 있구나, 있어!'

입을 꾹 닫으며 웃음을 참고, 내 눈길은 동의서에, 귀는 뒤에서 들리는 소리에 집중했다. 동의서에 적혀진 규칙들이 도무지 알아들을 수 없는 내용이라며, 클루디에게 엄청난

영어 폭격을 가하는 한국 사람이었다. 클루디는 그 사람에게 눈높이를 맞추어 달래주기 시작했다.

"고객님, 동의서에 있는 내용들을 본인이 이해할 수 있을 때까지 사인은 불가해요. 우리의 교육 과정은 구름 제작소 배경에 대한 기초 및 심화 과정이 있어요. 동의서 내용은 구름공장의 교육 과정과 실제 삶에서 터득하신 내용으로 이해하실 수 있습니다."

기분이 상했는지 또랑또랑한 눈으로 힘주어 바라보며, 큰 목소리로 세차게 말하기 시작했다.

"동의서 내용이 이과 출신 공대생들이 이해할 만한 내용인데, 전 문과생이란 말이에요! 제대로 이해하기엔 너무 불공평한 것 같은데요?"

클루디는 세상은 공평하지 않다는 주제의 수많은 책 그리고 논문들을 나열하여 건네주며, 친절함은 가득 품은 채로, 구름공장의 기초 과정 세션이 있는 곳으로 그를 안내하였다. 잠시의 소란 속에서도 구름이와 나는 학습을 이어갔다.

기
초
과
정

기
초
과
정

    대기 중의 수증기가 응결하여 물방울 또는 얼음 결정이
모여 형성되는 미세한 물방울 또는 그러한 입자들이 모인
집합체가 구름이다. 대기 중에 존재하던 수증기가 높은 곳
으로 올라가면 온도가 낮아지고, 이로써 수증기가 응결되
고 물방울로 변하거나 얼음 결정으로 변하게 된다. 이렇게
형성된 물방울과 얼음 결정들이 대기 상태에서 유동적으로
떠다니며 지형지물 및 지역 간의 기압 차로 인한 대기 불안
정, 이로 인한 수증기의 유입 정도를 통해 구름이 형성되는
것이다. 이러한 구름은 태양으로부터 도달된 에너지를 흡

수하거나 반사함으로써 지구의 기온을 조절하는 역할을 한
다. 비와 눈을 만들어 수자원 재분배 역할도 하고 있으며,
대기 중의 미세입자들과 함께 오존 같은 대기 중의 화학물
질들을 분산시키는 데에도 기여한다. 구름은 대기의 위치
에 따라 분류된다. 가장 높은 위치에 있는 구름 지역을 상
층운이라 칭하며, 높이는 대략 6,000m(20,000ft) 이상이다.
주로 얇고 고운 구름이 특징이다. 중간층에 위치한 구름
지역을 중층운이라 칭하며, 높이는 대략 2,000m(6,500ft)
에서 6,000m(20,000ft) 사이이다. 상층운보다 조금 더 뚱
뚱하고 어두운 구름이 특징이다. 하층의 위치에 있는 구
름 지역을 하층운이라 칭하며, 하층 구름의 높이는 대략
2,000m(6,500ft) 이하이다. 덥고 습한 기상 상태와 가장 밀
접하게 연관된 구름이 있는 것이 특징이다. 각 구름 지역의
위치에서 생성되고 있는 구름은 그 모양에 따라 명칭이 주
어진다. 주요 층운의 구성 위원들은 다음과 같다.

상층운 구성 위원

씨러스 ✦ 씨스 ✦ 씨시 ─────────────────────────

씨러스(권운, Cirrus, 새털구름)
제일 높은 구름으로, 지상에서 약 6~13km 높이에 자리 잡고 있다.
얇고 촘촘한 얼음 결정들이 휘날리듯 빗으로 빗은 새 깃털 모양을
하고 있다. 구름 세계 최상위 의사 결정권자이다.

씨스(권층운, Cirrostratus, 무리구름)
씨러스 아래에 있는 구름으로, 흰 베일이 하늘을 덮은 듯한 모양을
하고 있다. 얇은 구름을 뚫고 해와 달의 빛이 비쳐 광륜 현상 등이
일어나기도 하며, 폭풍이 오기 전에 보이는 경향이 있다. 씨러스
다음으로 권한을 갖고 있으나, 직책에 얽매이지 않고 씨시,
큐뮬부스와 가장 친한 관계를 유지하고 있다.

씨시(권적운, Cirrocumulus, 비늘구름)
씨스와 가까이 위치하는 구름으로, 여러 덩어리의 구름이 마치
생선의 비늘 같은 모양을 띤다. 그 비늘이 은빛으로 빛나며,
그림자를 드리우지 않는 구름으로 존재 자체가 밝은 구름이다.

중층운 구성 위원

알토큐물러스 ✦ 알토스 ✦ 님보 ────────────

알토큐물러스(고적운, Altocumulus, 양떼구름)
목욕하지 않은 양 떼들의 털처럼 회색빛이 강하며, 그림자 또한
드리운다. 주의 깊게 보지 않으면 씨시와 비슷해 보이나, 씨시와
달리 아랫부분이 묵직하고 넓게 덩어리가 퍼져서 부풀어 오른 회색
솜덩어리 형태로 양 떼의 모습을 보인다.

알토스(상층운, Altostratus, 차일구름)
하늘 전체를 연회색 빛으로 넓게 덮은 구름으로, 얇을 깔릴 때는
어슴푸레한 달밤 같은 현상을 보이고, 두껍고 낮게 깔리며
흐리거나 비가 올 수 있다.

님보(난층운, Nimbostratus, 비구름)
암흑색의 비구름으로, 습도를 올리고 바람에 흩날리는 구름과
안개를 만들어 내기도 한다. 중층운의 문제아로 낙인 경향이 있다.

중층운 어드바이저리 위원

큐뮬러스 ✦ 큐뮬부스 ────────────────────

큐뮬러스(적운, Cumulus, 뭉게구름)
맑은 하늘에 뜨는 뭉게구름이다. 저녁에 흩어져 사라지면 다음
날은 맑지만, 늦은 밤까지 남아 있거나 북서쪽으로 흘러갈 때는
비가 올 징조이다.

큐뮬부스(적란운, Cumulonimbus, 쌘비구름)
고도 1km에서부터 상층운의 씨러스 높이까지 수직으로 치솟는
엄청나게 키가 큰 구름이다. 굵은 빗방울의 소나기를 떨어뜨리며,
벼락을 동반하는 경우가 많다.

씨러스 Ci

씨스 Cs

씨시 Cc

큐물부스
Cb

알토스
As

알토큐물러스
Ac

님보
Ns

큐물러스 Cu

구름공장 제 7기를 소개 합니다.

	Cirrus	Ci	권운	새털구름	흰색 새 깃털 모양
상층운	Cirrostratus	Cc	권적운	비늘구름	작은 구름 규칙 배열
	Cirrocumulus	Cs	권층운	무리구름	하얗게 깔리는 구름
	Altocumulus	Ac	고적운	양떼구름	덩어리 구름
중층운	Altostratus	As	고층운	차일구름	하늘 덮는 연회색 구름
	Nimbostratus	Ns	난층운	비구름	암흑색 비구름
수직운	Cumulus	Cu	적운	뭉게구름	밑면이 평편한 구름
	Cumulonimbus	Cb	적란운	쎈비구름	소나기 구름
하층운	Stratocumulus	Sc	층적운	두루마리구름	회색 덩어리 구름
	stratus	St	층운	안개구름	낮게 덮는 회색 구름

심화 과정

심
화
과
정

대기는 구름에 주어진 환경을 뜻한다. 대기는 사람이 살고 있는 현실 세계 입장에서 보면, 지구와 같다. 모든 인간에게 주어진 환경은 현재 지구에서 살아가고 있으며, 우주 확장의 꿈을 현실화해 나가고 있는 인류의 지적 수준의 발전 속도를 본다면, 대기는 비단 지구만이 아닌 우주까지 확장하여 볼 수도 있을 것이다. 다른 세계로의 스케일 업 확장과 반대로 지구에서 바다와 육지로, 바다에서 빙하로, 육지에서 숲과 초원 그리고 사막으로 다운사이징 해가면서 한 인간에게 주어진 나라, 도시 그리고 가족으로까지 수직적으로 딥 마이닝 해나갈 수 있다. 이렇게 연결 고리를 분석하고, 의미 있는 데이터를 추출하는 딥 마이닝 과정을 거치면서 우리는 분류 체계를 만들고, 복잡했던 패턴과 특징들을 연관 및 회귀 분석을 통해 예측을 진행할 수 있다. 우리가 살아가고 있는 과정을 시계열 분석에 기반하여 대입하여보면, 대기 속의 수증기가 응결되는 과정부터 소멸하는 단계까지 우리가 살아가는 과정의 모습들과 닮아 있음을 알아차리게 된다. 상·중·하층운에서 생성된 물방울이나 얼음 결정들이 제 특성에 맞춰 모여 집합체를 이뤄내며 살아가듯이, 우리 또한 사회 구성원으로서 살아가고 있다. 대한민국 국민으로, 경기도 시민으로, 한 회사 임직원으로, 한 가족의 막내로, 아내로, 특정 봉사활동 후원자로 살아가듯이 말이다. 이렇듯, 국제 기준으로 대략 2백여 개의 국가가 존재하고 있으며, 각국은 또 여러 개의 지역으로 구성되고, 각 지역은 다양한 사회단체와 다양한 형태의 가정으로 구성되어 살아가고 있다. 또한 자연 현상의 일부로 어느 때가 되면 수증기가 높은 곳으로 올라가 온도가 낮아지듯, 우리 생태계는 자연스럽게 주변 환경의 변화가 발생하면서, 새로운 모습으로 변화하거나 태어난다. 남성과 여성이 만나 생명체를 만들어 가는 과정일 수도 있고, 종교 혹은 이념 차이로 주변 관계국들의 전쟁이 발발하여 분리되거나 파괴되는 그 과정일 수 있다. 전쟁으로 인한 고아나 폐허, 국가의 흥망성쇠, 이 모든 것이 주변 변화에 대응하는 방식에 따른 결과로써 보이는 산출물들이다. 대기 환경에서 같은 구성성분의 물방울이나 얼음 결정들이라 할지라도, 생성되는 위치나 모양에 맞추어 구름이 생성되듯이, 우리 또한 같은 사람이라는 특성하에 단체의 성격과 추구하는 목적에 따라 단체가 만들어진다. 단체가 만들어지는 주된 이유는 비슷한 관심사나 목표를 가진 개인들이 공동의 목표나 이익을 달성하기 위해서이다. 이러한 단체를 통해 그들의 경험과 지식 그리고 자금 등을 통해 자원을 효율적으로 활용한다. 때론 구성원들은 사회적 연대를 통해 공동체 의식을 고취해 문제에 대한 해답을 찾거나 변화를 끌어내기도 한다. 이는 정치적 목적이나 기업의 이윤 추구를 위해 활용되기도 한다. 이렇듯 주어진 환경과 주변의 변화에 맞춰 단체를 구성하여 살아가고 있는 것은 지극히 자연스럽다. 다양한 방식으로 집합체를 만들어 가며 유동적으로 살아가고 있다. 이러한 삶은, 서로가 서로에게 영향을 주고받으며 살아가고 있다

는 것을 의미한다. 인간의 나아지고자 하는 원시적인 욕망
의 발전이 지구를 오염시켜 환경의 또 다른 변화를 일으키
게도 하며, 인간의 선의적인 발전이 환경 오염을 줄이고 조
절을 가능하게 하는 변화를 일으키기도 한다. 구름 세계 또
한 이와 다르지 않음을 떠올려 볼 수 있다. 구름은 이러한
물리적인 현상을 넘어서 사람들에게 비유적인 의미도 내포
한다. 구름은 때론 걱정, 불행, 불확실성과 같은 마음속의
어두운 감정을 뜻하기도 한다. 일상생활에서 내 마음에 구
름이 가득하다는 뜻이 우울하다는 이미지로 해석되는 것처
럼 말이다. 하지만 구름이 지나가고 햇빛이 드러나는 연쇄
적인 자연 현상으로 희망을 담은 의미를 갖기도 한다. 구름
에 가려진 하늘에서 살며시 보이는 햇빛은 그 얼마나 쨍쨍
하고 귀한가. 구름으로 뒤덮인 하늘에서 한 줄기 내리쬐는
빛의 눈부심은 단지, 햇빛으로만 만들어진 상태가 아니다.
주변의 어둠과 밝음을 선명하게 구분해 주는 구름의 존재
도 한몫을 하는 것이다. 이렇듯 구름은 비가 오게 하고, 비
온 뒤 맑음은 그 무엇보다 쾌청하다. 비 온 뒤 연약해진 것
만 같은 땅은 어느새 반복되는 비와 맑음으로 더 단단해진
다. 힘든 상황이 지나가고 나면 더 좋은 상황이 찾아올 수

있는 희망과 믿음을 주기도 한다. 보너스로 무지개도 보여주고 말이다. 이렇듯 구름은 우리 생활에 깊은 영향을 미치며, 자연과 인간의 마음을 표현하는 강력한 상징성을 갖게된다. 구름과 어느 정도 익숙해지는 기분이 드는 것은, 단순하게 생각했던 구름을 나의 주변과 견주어 보며 다시금여러 가지 겪어왔던 경험들이 생각나서일까. 나는 한숨을깊게 들이켰다 찬찬히 내쉬며, 드디어 마지막 교육 과정으로 접어들었다. 구름공장 커리큘럼에서 가장 궁금했던 입체적으로 생각하기 과정이다. 회사 업무 수행을 위해 문제 해결을 위한 분석 및 개선 도출 또는 새로운 아이디어 발굴의효과적인 크리티컬 싱킹에는 매우 능숙하지만, 입체적으로생각한다는 것은 어떤 방식으로 접근하는 것일지 궁금했다. 본 과정은 학습은 아니고, 일종의 과제로 구성됐다. 나에게 가장 어울린다는 구름과 필요한(선택할) 구름을 선정하고, 그 이유를 설명하고, 오감을 표현한 그림을 그리는 것이었다. 그림을 완성하여 제출하면, 구름이와 그 그림에 대한심도 있는 대화를 진행하고, 생각을 다듬어 가는 과정으로구성되어 있다. 가장 먼저 떠오른 나의 답변은 미각이었다. 어떤 구름을 선택하건 같은 분자 구성이기에 맛은 동일할 것이다. 그중 뭉게구름을 선택하는 사람들은 솜사탕 이미지가 떠올라 달콤한 맛으로 인지하는 사람도 있을 것이다. 그래도 난 분자 구성이 물이기에 물맛으로 하겠다. 과제를 이분법적 사고를 반영해 작성하겠다는 생각이 떠오르는 순간이다. 가장 왼쪽에는 내가 선택할 구름을 그리고, 오른쪽 옆으로는 그 구름에 대한 모두가 공감할 만한 오감의 내용을 기재하고, 그 옆에는 내가 느끼는 내용을 기재하겠다고 말이다. 입체적으로 생각하기 과정이 어느 정도 진도가 나갔을 때 깨달았다. 구름이와 대화를 하며 업데이트해 간 나의 과제를 본 순간, 나의 자화상 같다는 것을 말이다. 나만의 감정과 경험, 그리고 상상력을 표현해 나가면서 내 자신을 좀 더 탐구할 수 있는 시간이었다고 말이다. 구름에 빗대어 그려지고, 다듬어진 과제 산출물은 나에게 자산이 된 것만 같았다. (아마도, 내가 아는 한, 이것은 통상 미술 치료라고 불리는 것 같기도 하다.) 내 주변의 소중한 사람들과 꼭 같이 해보고 싶은 롤플레이기도 했다. 그리고 꼭 알려주고 싶었다. 우리가 좀 더 성숙해진 시선으로 대화를 이어나갈 수 있는 아이템으로 말이다. 구름공장을 찾은 내가, 아니 이러한 과정까지 거치게 되면서 깨달은 내가 기특했다.

구름이와 학습하기

구
름
이 와 학
　　　습
　　　하
　　　기

　　구름 제작소의 학습 과정은 기본적인 이론 과정을 기초
로 시작하여, 지식의 확장을 심화 과정으로 그려내고 있다.
어시스턴트 역할을 하는 구름이나 클루디 같은 이름에서
왠지, 속은 기분이 들었다. 귀여움을 느끼게 하는 이름 속
에, 학습이 시작되면 구름 형태의 외형이 인간 형태로 바뀌
면서 반전의 차가움을 품고 있다. 인간성 제로의 딱딱함과
시사적인 내용을 남발하기도 한다. 그래도 수업을 집중하
게 하는 어시스턴트 역할은 훌륭했다. 커리큘럼 중, 구름이
에게 물어보기 코스가 있었는데, 이것은 내가 얼마나 제대

로 학습하고, 제대로 활용하는지가 관건이었다. 위에서 언급된 각 과정의 필수 항목에 더하여, 질문을 하면 그에 대해 연결 고리 과정들이 생겨나 더 많은 학습을 체험할 수 있는 것이다. 맞다. 이것은 우리가 알고 있듯이 엄청난 화두가 되는 생성형 AI 기반의 알고리즘을 구름이가 자가 발전시키고 있는 것이다. 학습하기에 앞서, 구름이와 클루디라는 두 개의 귀여운 이름만 선택할 수 있었는데, 반전 매력을 설계한 것일까. 학습 집중도를 높이기 위함이었을까. 이름과 어울리지 않는 끝없는 지식 내장은 물론, 질감이 뛰어나 보이는 바지 정장에, 어깨까지 살짝 내려오는 볼륨감 있는 그린 빛의 갈색 머리 스타일이 세련됨을 보여준다. 새하얀 피부에 살짝 핑크빛이 감도는 볼까지, 저절로 관심을 두게 하는 외모였다. '동성 간의 구성으로 배치되는 걸까, 인종은 자동 세팅이 되는 걸까.'라는 생각들이 마구 생겨날 때쯤, 눈앞의 구름이와 시선이 마주쳤다.

'눈동자는 갈색인데, 왜 저렇게 반짝거리지. 갈색 눈동자가 저렇게 빛날 수 있는 건가? 렌즈인 건가… 설마 사람이야? 이렇게 리얼하게…?'

라는 생각들로 머릿속이 가득 메워졌다. 동성이지만, 시선이 자꾸 가고, 알고 싶어지는 마음에 직감했던 것 같다. 구름이와 친해질 것만 같은 기분 말이다. 아니, 좀 더 정확하게 말하자면 친해지고 싶었던 것 같다. 살아가면서 점차 친해지고 싶은 사람들이 줄어들고, 아니, 거의 없어지는 시기에 이런 기분은 마치, 여고 시절 느꼈던 격의 없이 마냥 즐거웠던 그 시절로 돌아간 것만 같았다. 귀여운 비밀을 나눌 수 있는 소녀들처럼 말이다. 순간 좌뇌가 움찔하며 답해준다. '이 세상에 비밀은 없고, 더군다나 구름이가 물리적 해킹을 당하면 블라블라…' 기분 좋게 있다가 또 이러는 나에게 살짝 짜증이 났지만

'그래, 나는 양쪽 두뇌를 활발히 쓰는 사람이지.'

스스로 토닥이며 하던 생각을 멈추고, 다시 학습에 들어갔다. 기초 및 심화 과정으로 학습한 정보들에 더해, 구름이와 추가적인 질의응답으로 정보의 질을 높이고자 하였다. 매일 구름이와 보충 학습을 하면서 친분도 쌓고 말이다. 구름은 국제기상기구(World Meteorological Organization)에서 제정한 국제구름 도감(International Cloud Atlas)에 의해, 구름의 높이와 형태 그리고 기상 상태에 따라 크게 분류된다. 대부분 상층운에 속해 있는 '권'을 포함한 구름은

대체로 빙정이 부드러운 털 모양으로 떠 있는 것을 의미한다. '층'을 포함한 구름은 특징 있는 형태를 갖추고 있기보다, 수평으로 퍼져 있는 것을 의미한다. 특히 난층운에 속하는 암흑색의 비구름은 중층운에서 발견되지만, 거의 위아래로 확장된다. 수직 발달 구름에 속하는 적운계의 구름은 일반적으로 하층에 존재하지만, 수직 범위가 종종 매우 커져서 꼭대기가 중층과 상층까지 도달할 수 있는 특징이 있다. '적'을 포함한 구름은 수직 바람이 불어 세로로 구름이 쌓여가는 것을 볼 수 있다. '난'을 포함한 구름은 궂은 날씨를 유발하는 구름으로 대류 현상이 매우 혼란스러워 발생하는 것으로 볼 수 있다. 이렇듯이 구름이 자리 잡고 있는 높이와 각각의 성질을 담은 시각화된 형태의 구름을 이름에 담고 있다. 구름이와 심화 과정을 거쳐, 질의응답 세션이 더해질수록 구름공장의 경영 공시와 지배구조에 대해서도 좀 더 이해할 수 있었다. 구름공장의 정기 경영 공시 항목에는 구름공장의 내부 및 외부 구름 제작량에 대한 수치를 공시한다. 이 수치는 구름공장의 흥망성쇠와 연결되는 정보이기도 하며, 이를 통해 운영관리자의 역량을 평가하고, 서베이 등의 여론조사를 통한 조직원들의 역할에 대한 직책 컨트롤과도 연결된다. 구름이가 알려준 최근 트렌드에 따르면, 구름 공급과 수요에 대한 수치 변화가 상층운의 주요 의사 결정 사항으로 작용한다는 것이었다. 구름공장을 찾는 수요는 인간의 욕망이 존재하는 이상, 잦아들지는 않을 것이다. 공급이 문제가 되기도 한다는 것은, 구름 제작이 무한의 영역이 아니라는 것이다. 그래도 이러한 문제를 관리하는 컨트롤 타워가 상층운에 있다고 하니, 대수롭지 않게 여겼다. 하지만 이 대목에서만큼은 낭랑하게 들리던 구름이의 음성의 높낮이가 낯설게 느껴졌다. '나만의 기우겠거니.' 하고 잠시 주춤했지만, 구름이를 따라 계속 학습을 이어갔다. 모든 학습 과정을 이수한 후에, 구름이의 안내를 받아 동의서 작성을 하고, 구름 선택을 진행할 수 있다. 구름 체험만 진행할 수도 있고, 체험을 그대로 실생활에 적용하는 '구름 실행' 버튼을 터치할 수도 있다. 체험은 말 그대로, 사용자가 입력한 내용(실제 어떤 상황에서 어떤 용도로 어떤 구름을 선택할지 구름이의 안내에 따라 정보 기입 절차를 진행한다.)으로 수행되며, 실생활에 적용하였을 시에 체험과 동일한 결과로 나타날지, 아닐지는 확답이 불가능하다. 단, 생성형 AI가 모든 경험한 정보와 데이터를 바탕으로 동작하여 실생활에 적용될 뿐이다. 그로 인한 영향도는 예측은 가능하나, 앞에서 언급했던 바와 같이, 트랜스포머 모델을 기반으로 설계되는 구름 제작소의 규칙에 따라, 자가 학습(Unsupervised learning)의 범위는 그 누구도 알 수 없다. 선택과 결과에 대해 받아들이는 것은 오로지 자신의 몫이다.

기
회
와 활
용

기
회
와
활
용

얼굴에 핏기가 살짝 오르며, 강력하게 의견을 피력하실 때의 그 압도적이고도 상기된 표정과 어조로

"올리비아, 그 말은 아니지! 너의 연차에는 더 배울 것이 없어 재미없다는 말보다, 이제 네가 갖춰놓은 너의 역량을 활용할 기회, 선택받을 기회가 오지 않는다는 것에 집중해야 하는 거라고."

잠시 멈추어 호흡하시고는, 더욱 낮은 음성으로 단호하게 말씀을 이어가셨다.

"더 발전할 거 없어. 충분해. 너에게 회사가 기회를 주고,

회사는 너라는 기능을 활용할 줄 알아야 한다는 거야."

내가 생각하지 못했던 부분을 듣게 되면서, 순간 몸이 빠지직 굳었다. 물론 몇 초간이었지만, 열정적으로 약간의 올라간 텐션(다른 동료들은 이 모습을 화를 내신다고 표현하기도 했다. 그래서 호불호 많고, 어려워하는 분들이 꽤 많았던 리더이기도 했다. 그렇지만, 난 그때도 지금도 화를 내는 모습으로 보이지 않는다. 물론 회의 때 일방적으로 단어들을 마구 쏟아내실 땐, 뇌의 사고 영역을 잠시 소실하고 초점을 잃어버린 팀장들을 대신해, 여기저기 떠다니는 단어와 문장들을 연결하고 유추해서 정리해야 하는 일을 해야 했기에 답답하고 어려웠던 것은 사실이다. 단지 얼마나 그것에 진심이기에 이토록 답답해하시겠느냐는 생각으로 도대체 왜 그러시는지 이해하려고 나도 노력해 보자는 마음이었다. 저렇게 진심으로 끊임없이 동조를 갈구하고 이야기를 리드하며 전력을 다하시는 데에는 분명, 우리가 무엇을 못 알아들어서 저러셨을까 하는 그런 뭐, 역지사지 말이다. 난 그 과정이 참 좋았다. 아니, 그 과정에서 치열하게 고민하고 심혈을 기울여 만들어 낸 보고서가 리더의 만족스러운 표정과 기쁜 음성으로 되돌아오는 피드백이 참 좋았던 것 같다.)을 보이시는 모습이 내심 좋았다. 간만에 들은, 찬란했던 나의 월급쟁이 시절에 불렸던 호칭과 정신 바짝 드는 따끔한 조언까지도 말이다. 이것이 오랜만에 꺼내보는 미화된 기억의 잔상이라 할지라도 말이다. 이쯤에서 멘토를 한마디로 표현하자면, 매력적인 사람이다. 직급에 상관없이 동료에게 먼저 말을 건네며 다가가는 포용력과 여유, 더불어 결과로 업무 성과를 보여주시는 전략가 스타일이다. 때론 소녀처럼 밝고 수다스럽기도, 그래서 가끔 시끄럽기까지도 하시고 말이다. 좀 더 부연 설명하자면, 그동안 다녔던 여러 회사 중에서 외국계 금융 회사에서 EA(Enterprise Architect)로 업무를 하던 시기에, IT본부 임원으로 그분을 처음 뵙게 되었다. 지금은 CEO가 되셨다. 스타트업이 아닌 이상, IT부문장이 CEO가 되는 것은 거의 드문 일이었다. 게다가 한국에서 말이다. 혹자는 분명 금수저라 가능한 것 아니냐, 하겠지만, 우리는 이미 알고 있다. 우리 주변에 훌륭한 집안의 자제로, 최상위 학벌과 안정적인 인성을 갖추고 있는 사람들만 봐도 알 수 있듯이, 그렇다고 해서 이러한 커리어 패스나 매력적인 리더로 자리매김하지는 않는다. 멘토와 멘티 관계의 가르침도 있었지만, 이분의 경험과 다양한 지적 소양에서 나오는 지혜를, 특정 시간에 만나 식사를 하고 차를 마시며 오가는 대화만으로 배울 점을 제한하지는 않았다. 그분도 내가 성숙해지는 과정을 보듯이, 나 또한 그분을 보며 얻는 것이 분명히 있었다. 그중, 한국에서의 1960~80년대생의 직장인에 대해 반추해 봄으로써 예상되는 불쾌함이나 불편함에 대한 슬기로운 대응들이 그러했다. 특히나, IT 조찬 모임을 가보면 여전히 나보다 젊은 분은 보기 어렵고, 동성인 분들은 찾기가 더 어렵다. 이런 측면에서는 굳이 언급하지 않아도 공감되는 직장인의 고됨이 있고, 이런 고됨의 바탕에서도 성취의 결과가 멋있는 분이라고 단언한다. 길고 무거운 브라운 색의 두꺼운 회의 테이블에, 40대 후반에서 50대 후반으로 보이는 팀장들이 자리해 앉아 있다. 고약한 담배 냄새들이 한창이면서도, 그들은 낄낄대며 웃어대고 있었다. 분명 재밌는 일은 아닌지라, 오늘도 그저 낄낄대는 것 이상은 아니었을 것이라 보인다. 그사이 한층 신난 웃는 얼굴과 하이 톤의 목소리를 내는 그녀가 보인다. 멋쩍게 앉는 모습은 온데간데없이, 바로 상기된 목소리로

"오늘은 아젠다가 뭐예요?"

늘 그렇듯이 한껏 높아진 목소리로 낭랑하게 활짝 웃으며 대화를 가져와 본다. 순식간에 정적이 흐르며, 모두가 쭈뼛하던 그때, 가장 중심의 자리에 앉아 있던 부서장이

말하기 시작한다. 매우 일목요연하게 회의의 배경과 목적 그리고 현안들을 낮지만, 굵고 힘 있는 목소리로 웅장하게 설명한다. 십여 분이 지나고 있는 동안, 그와 눈동자가 마주친 매니저들은 절로 고개를 끄덕였다. 그의 시선이 가까운 곳에서 멀리, 오른쪽에서 왼쪽 자리들로 옮겨갈 때마다, 매니저들은 고개를 매우 열심히 끄덕이는 것으로 그를 전적으로 공감하며 존중하는 태도를 보인다. 시선이 이제 그녀에게 고정되었다. 모두가 집중하던 그 순간.

"그런데, 여기서 본 미팅의 목적을 모르는 팀장은 당신뿐이네요? 더 설명해야 하는 건가요?"

낮게 깔리던 저음의 목소리가 살짝 상기됨을 느끼는 순간, 그녀의 표정은 일그러졌고, 그녀의 시선이 회의실에 앉아 있는 팀장들의 눈동자를 한 바퀴 돌고 난 후, 그녀는 일그러짐에 더해 격양된 표정으로 입안에 한마디를 거둔 채, 입술의 움직임을 애써 그만두고, 몸을 휙 돌려버린 채, 닫혀 있던 문 쪽으로 성큼성큼 걸어가 문을 활짝 열고 나가버렸다. 그렇게 그 회의실에는 그녀의 프랑스에서 갓 온 것만 같은 향기만이 그 자리를 가득 채워두고 말았다. 힘 있는 동작에 향수의 향이 더 퍼진 것일까. 우아하고 럭셔리

한 그 향기는 남은 자들의 부끄러움과는 상당한 괴리감이 느껴졌다. 그들은 조용했지만, 이내 만족한 듯 한 명이 웃어대기 시작하자, 낄낄거리는 웃음이 회의실 안에 가득 퍼져 매웠다. 고급스러운 향수 향에 둘러싸여, 저급의 웃음소리가 공존하는 회의실은 사뭇, 우리 삶에서 만나는 다양한 아이러니한 형태의 물리적인 공간과 다름이 없게 느껴진다. 그 후, 그녀는 자리로 돌아가 짐을 싸고, 다음 날부터 출근하지 않았다. 몇 년이라는 시간이 꽤 흘렀고, 그 간에 가족 여행도, 대학원도 졸업한 그녀다. 어떠한 내공을 더해 다짐의 시간을 보냈는지 모르지만, 이쯤 시기에 그분을 처음 보았다. 한국에서 아들 둘을 둔, 경력 단절을 거쳐 외국계 금융 회사 이사님으로 부임한 분을 말이다. 이러한 사정을 알아차리기엔, 그 당시엔 나는 너무 어렸고, 덜 성숙했으며, 주변에 관심이 부족했다. 이때, 좀 더 관심을 가졌더라면, 인생 선배답게 먼저 다가와 주셨을 때 좀 더 예의 있게 했더라면 하는 아쉬움이 남아 있다. 회사 생활을 좀 더 편하게 했을 텐데 하고 말이다.

'이궁, 이런 미련한 시행착오!'

지금도 그때를 떠올리면 이렇게 혼잣말을 되뇌기도 한다.

이때, 내가 어떤 구름을 선택했더라면, 앞으로 다가올 미래에 대해 예측이 가능했을 거고, 고단한 직장 생활은 조금은 덜 겪지 않았을까 하는 아쉬움도 함께 말이다. 그러나 과거로 돌아갈 수 없다는 구름공장의 규칙이 있듯이, 이미 지나간 일이니, 나의 앞으로의 선택에 다시 한번 집중해야 할 차례임을 상기해 본다. 터닝 포인트까지는 아니어도, 삶에 작은 변화를 시도할 때, 기회는 내가 만드는 것이고, 그 기회를 잘 활용할 수 있는 내공을 쌓는 것, 그 내공을 적절히 잘 소비할 수 있는 것을, 나는 보았고, 나는 배웠고, 나는 할 것이다. 구름 제작소 규칙에서 배운 것처럼, 구름 제작은 자체가 개인 맞춤형이기 때문에 본인의 성향에 따라 달라질 수 있지만, 아는 수준만큼 선택의 폭도 넓을 수 있다. 그렇기에 구름공장에서는 의사결정에 더 도움을 줄 수 있는 심화 과정까지 이수하는 것을 적극 권장하고 있다. 하지만 우리가 이미 알고 있듯이, 많이 아는 것이 옳은 선택으로 직결되지는 않는다. 충분한 정보제공과 실수를 줄여줄 수 있는 도움 정도는 된다 할지라도 말이다. 선택은 정말 개인의 몫이다. 구름공장을 찾아 문 앞에 서는 것부터 시작해서, 구름 공부 세션을 어디까지 이수할지, 어떤 구름을 선택해서 어떤 요건에 맞게 체험하거나 주문 제작을 맡길 것인지, 제작한 구름을 활용하는 것까지 모두 말이다. 아니, 한발 더 나아가, 구름 사용 후에 몰려오는 긍정적인 요소뿐만 아니라, 부수적으로 밀려올 수 있는 후폭풍까지 감당하는 것은 오롯이 자신뿐이다. 기초 과정은 구름의 생성 과정에 대한 기본 개념을 배울 수 있다. 기본적인 이론을 학습하면서 학습 수용 역량에 따라 심화 과정이 굳이 필요하지 않을 수도 있다. 이것은 인간의 개인 역량과 선택에 따라 삶을 살아가는 것과도 연관 지어볼 수 있다. 심화 과정은 기초 과정을 복습하면서 확장한다. 이러한 확장되는 사고방식을 도와주는 학습 방법은 다양한 상황에서도 자립적으로 실행해 볼 수 있는 방법을 터득하게 해준다. 보통 업무를 수행할 때, 남들과 다른, 더 나은 스페셜 싱스를 항상 추구하던 나의 업무 수행 방식과도 닮아 있어 낯설지가 않았다. 그래서일까. 이미 뻔할 것 같은 커리큘럼이란 생각도 했지만, 심화 과정까지 거치게 되면서 내 생각은 한계에 있던 나와 마주치게 했다. 근시안적 사고를 거시적 사고로 전환하는 것에 있어 그것이 사치라 보일 수 있음을 가치로 만들어 내는 일종의 몰입과 치열함에 대해 말이다. 당장 하루하루 살아내기에 급급한데, 무슨 여유로운 말이냐 하겠지만 말이다. 하루가 모여 인생이 된다는 말이 있듯이, 생각이란 것을 하지 않고 사는 하루하루의 삶은 그 사람의 인생이 반복된 인생에서 벗어나기 힘들다는 것이다. 가령, 내가 퇴사 의사를 표명할 때, 누군가가 나에게 이런 조언을 했다.

"현실적으로 2~3년만 참으면 지금 위에 있는 사람들은 다 명예퇴직으로 뒤로 물러나게 될 거야, 그때 자리하나 하면서 명퇴까지 아무리 고과를 잘 받건, 못 받건 연봉 1억 이상은 유지할 수 있는데, 그럼, 그 돈이 얼마야. 왜 그걸 손해 봐. 성취감 다 좋은데, 이렇게 안정적인 걸 왜 그런 거로 위험을 감수해. 그냥 출근해서 쉬엄쉬엄 놀아. 옆에 봐. 다들 젊었을 때 한목소리들 했던 사람들인데, 나이 들어가며 저렇게 내려놓고 사는 게 손해 안 보는 거야. 감정은 내려놓고 계산기를 두드려야 할 때지."

처음 다녀본 국내 전통적인 금융 회사였고, 나와 뇌 구조가 다른 것을 매우 극명하게 알게 해준 문화였다. 처음 이 말을 들었을 때는 기분이 나쁘지 않았다. 주옥같은 현실 조언임을 알기 때문이다. 나름 나를 생각해서, 다 같이 한

때는 우수한 업무 성과를 내어 뿌듯함도 맛보며, 어느 사회에서나 그렇듯이 올라갔다면, 내려오는 길도 있기에 자연스러운 것으로 생각했다. 그러면서 주위를 둘러보았다. 눈에 들어오는 분들을 한 분 한 분 한참을 응시하며 바라보았다. 나름대로 카리스마 있던 차장님들, 욕심 많고 야망드높았던 부장님들이 한없이 조용해 보였다. 그들이 하는 업무는 회사의 우선순위 업무가 아닌, 후순위 업무로 생각 없이 손으로만 해도 되는 업무들임을 쉽게 알아차렸다. 그들 나름의 시간과 역량으로 쌓아온 경험에서 나올 수 있는 지혜가 있을 텐데, 회사는 그것을 외면했다. 이윤 추구를 해야만 하는 기업의 입장에서는 외면함으로써 다른 것을 선택할 기회가 있기에 당연할 수도 있다. 그럼에도 기업의 인적 구성원의 구조가 삼각형이건, 역삼각형이건, 삼각형을 계속 잘 굴릴 수는 없는 것일까, 뾰족했던 삼각형은 점점 둥근 원이 되지 않을까, 원 팀처럼 말이다. 이런 인도주의적 생각이 드는 순간에, 그 원이 우물이 되어버리는 이미지가 그려졌다. 맑은 물이 고여 있던 우물 위로 알토스가나타나 연회색 구름으로 원 전체를 뒤덮었다. 수 초도 지나지 않아 맑았던 우물 안의 물은, 알토스로 인해 고인 물이 되어버렸다. 연회색 막이 곧바로 짙은 회색으로 변해버렸다. 곧이어 역겨운 냄새까지 나는 듯했다.

'님보까지 나타나면 우물이 넘쳐 난리 나겠네.'

내 마음속의 답답함이 태풍의 소용돌이를 일으키며, 그 우물을 단숨에 휩쓸어 버렸다. 그리고 다시 동료들을 보는 것에 집중했다. 무표정의 얼굴에서도 잠시 그들의 생기가 도는 건, 출근하며 업무 컴퓨터를 켤 때와 점심을 먹으러 나가기 전, 그리고 퇴근 표정에는 '오늘 하루도 잘 버티었다.'라는 약간의 뿌듯함이 보이기도 했다. 적어도 회사에서 그들의 삶은 그랬다. 임원인 분들은, 눈빛이 계속 흔들리는 초조함을 더했다고나 할까. 회사 익명 게시판 블라인드는 그들의 패턴을 비꼬며 한심해하는 글들이 끊이지 않았다. 그러나 늘, 너희도 늙는다, 너희도 이렇게 살게 될 것이다, 우리도 저렇게 될 건데 너무 무어라 하지 말자는 내용들이 끊임없이 반복된다. 다시금 내 주위 다양한 연령대의 근무자들을 둘러본다. 내 시선이 이전보다 사뭇 무거워졌고, 더욱 냉철해지면서 안 보이던 것들이 보이기 시작했다. 그들은 우수한 성과를 낸 적이 없었고, 단 한 번도 성공이라는 것을 해본 적이 없는 사람들이었다. 성공은 피해를 감수한 어려움으로 생각하고, 강제하는 이가 없으면 굳이 더 애를 쓸 필요가 없다고 말하는 문화가 자리 잡고 있었다. 그들의 성공은 대학교 입학에 머물러 있었고, 그들의 시야는 대학 이름에 그쳐 있었다. 회사 구성원으로서 업무 결과의 보람과 성과를 겪어보지 못한 이들은, 사람을 대할 때에도 그 사람의 업적이나 커리어 패스가 보이지 않는다. 가끔 우리가 비아냥거릴 때 하던 말이 떠오른다. "여기가 학교야? 요즘 학부생 애들 수준이 더 낫겠다!" "대학생이라고 했어? 진심?" "초딩!" 진짜로 그렇다. 한 기업의 구성원으로서의 역할을 다하지 않는(못하는 건지, 안 하는 건지까지 판단하고 싶지는 않다.) 인격과 역량을 그대로 갖고 시간을 보내는 이들은 매우 많다. 나의 차가워진 시선은 그들을 좀 더 깊게 들여다보게 하였다. 회사에서 주어진 수명 업무 외에, 그들이 주도적으로 한 것은 무엇일까. 그들이 나에게 줄 수 있는 긍정적인 영향은 무엇일까. 우리 모두 다 비슷한 인생을 살아가고 무던하게 그 삶을 살아가면서 좀 덜 다치고, 나름의 월급으로 위안을 두고 살아갈 수 있는 내려놓을 줄 아는 평온한 말년의 준비일까. 공통적인 그들의 목표는 그들의 자식이 자신보다 좋은 대학을 입학하고, 자식이 결혼할 때, 그때까지 회사에서 본인은 버티는 것이라 한다. 상견례 때 명함을 내미는 것이 최상이라며 말이다. 단지 나의 부모님이 월급쟁이가 아니셨고, 저분들과는 다른 삶을 살고 계셔서, 물리적인 환경이 주는 문화 차이라고만 하기에는 뭔가 크게 충격이었다. 내가 우리 부모님을 존경하고 좋아하는 이유는 저런 것이 아닌데, 작은 생각들이 꼬리에 꼬리를 물고 머릿속을 복잡하게 했다. 나보다 인생을 더 살았기에 분명 배울 점이 있다고 생각했다. 회사에서 아부도 능력이고 역량이라 말하는 것처럼, 내가 못 하는 아부도 할 줄 아는 분들이었으니, 그리고 갖은 감정의 소용돌이에서 내려놓고 살아가고 있다는 점에서, 분명 나보다는 깊은 인내심과 넓은 마음가짐이 있다고 말이다. 헌데, 열심히 그들을 바라보고, 생각하고, 관찰해도 보이지 않는 것은 내가 부족해서일까. 정리되지 않는 상황에서 어쨌거나, 난 내 삶의 성공과 행복을 그 한계로 맞추고 싶지 않다는 생각만 들 뿐이었다. 이런 나의 갑작스러운 퇴사 통보는 꽤 많은 사람에게 화제가 되었다. 잔잔한 호수에 돌을 던져 튀어 오른 물방울이 호수에 잔잔히 번져 둥그렇게 커지는 물살의 진동 여운이 길게 남아 퍼진다는 느낌이 맞을 것이다.

"난 이 회사밖에 못 다녀서, 이직이나 퇴사에 대해 경험이 없지만, 먼저 부럽다. 이런 결정이."

"에이, 부럽긴요, 매달 월급이 없어지는 것이 걱정인데요."

"차장님, 오히려 전화위복이셔요. 이 팀 망조가 들었어요. 예상 너무 잘 되다시피, 여긴 잘될 것 같은 가망 없고, 이렇게 연말에 또 피바람이 불겠어요."

회사의 우선순위 높은 주요 업무들을 기꺼이 자신을 희생해 가면서 열심히 성과를 내며 살아왔던, 이곳에선 보기 매우 드문 부장님이 나에게 다가와 조언을 해주시기 시작했다. 조언은 세 마디로 그쳤고, 예상치 못했던 기업에 반하는 입장의 얘기들은 그칠 줄을 모르셨다. 그간의 말 못한 한을 풀듯, 엄청난 반기업적인 울분을 더 토하셨다. 알토스가 님보로 변해 엄청난 비와 암흑색으로 뒤덮는 기분이었다. 과거의 성공과 영광에 갇혀 살고 있는 학생이 아닌, 사회인으로 발전하여 업무에 있어 성공을 맛본 사람, 행복을 찾기 위해 다양한 취미 활동도 끊임없이 하는 사람조차도 이런 얘기에 열성적인 것을 보면, 어느 정도의 나이가 되면 비슷해지는 삶을 살아가는 것 같다. 이렇게 이 사람도 내려놓고, 중심에서 멀어지는 일을 하달받게 되면서,

월급은 어느 정도 유지하지만, 기분 좋은 월급은 아닌 정도의 수준으로 연명하듯 살아가겠지. 순간, 나도 멈칫했다. 조용했던 큐물부스의 천둥 없는 번개가 머릿속을 요동치는 것 같았다. 두 달 남짓, 일반적인 관계의 동료들과 계속되었던 우려와 걱정의 말들이 떠올랐다. 감정보다 계산기를 두드려 보는 것이 인생에 더 큰 도움이 될 거라는 나름 그들의 진심 어린 조언들로 가득했고, 감사했고, 감동이었다. 그리고 그동안의 직장 생활 중에 최고점에 와 있는 나의 월급이 가장 나를 망설이게 했다. 내가 무엇을 하든, 이 월급보다 더한 현금 흐름을 만들어 낼 수 있을까. 나는 한국에 40대 중반에 접어드는 기혼인데, 과연 나를 이 돈 주고 고용할 기업이 있을까. 물론 전제는, 내가 가고 싶어 하는 회사들 중에 말이다. 나의 마지막 직장 생활로 내려놓음의 인생을 받아들이기가 마음이 불편해지기 시작했다. 물론 제아무리 강단 있는 나라 할지라도, 주저함은 계속 내 귓가에서 떠나지 않고 속삭였다. 그리고 내 머릿속에서 이미지 단어들이 동동 떠다녔다.

'감정 배제. 계산기. 계산기? 칼큘레이터 이퀄라이저…?'

반복적인 단어들을 되뇌기 시작했고, 머릿속에 펼쳐진

주요 단어들에 비슷한 단어들이 덧붙여져, 파생된 단어들이 생겨났다. 위아래와 좌우로 이미지 단어들이 합쳐지고 분리되고 분류되면서 그 모든 단어의 움직임이 멈춘 순간, 중심에 진한 볼드체로 "One more twinkle things"라는 문구가 깊게 새겨졌다. 나의 뇌 구조가 마치 재설계되는 순간이었다. 깊은 한숨을 힘껏 들이키고는 천천히 내뱉으며 생각했다.

'아직 나는, 한 번쯤은 더 반짝이고 싶어.'

내 마음을 한 겹 더 단단하게 해주는 순간이었다. 이때, 전화벨이 울렸다. 순간 머뭇거렸다. 아, 내 볼을 타고 흐르는 눈물은 어찌하나. 눈물이 흘러내려 가면서 내 울긋불긋해진 뺨 온도에 기름을 부은 듯이 더 뜨거워졌다. 뜨거워진 얼굴을 느끼는 찰나에 전화벨이 멈췄고, 나도 모르게 폭발한 듯 울음이 솟구쳤다. 평소 눈물이 거의 없던 나는, 이러한 낯선 상황에 적잖이 놀라 애써 감정을 서둘러 추슬렀고, 그것도 잠시 이내 평정심을 되찾았다. 업무를 하면서 가깝게 지내게 된 동료의 전화였다. 우리가 함께한 프로젝트는 사람이 하던 업무를 AI로 디지털화하는 것이었다. 외부적으로는 AI를 통해 업무 생산성 향상을 돕고, 직원의 업무 재배치를 돕는 것이었지만, 내부적으로는 인력 리소스를 줄이는 것이 주요 목표였다. 이를 적용해야 하는 업무 대상자들은 배타적일 수밖에 없다. 특히나 PM(Project Manager)는 세 달 동안 하겠다는 이가 없어, 결국 나에게 왔다. 회사에서 적을 만드는 프로젝트라 다들 꺼린다며, 좋은 관계를 맺어갈 수 없을 거라 많은 이들이 말했다. 하지만 늘 그렇듯이, 난 그들에게 업무 편리함을 제공했고, 생산성을 높여주는 실질적인 이득을 가져다주었으며, 무슨 일이든 내가 하면 잘된다는 신뢰와 평판을 얻었다. 학창 시절의 친구는 가히, 마음이 우선되고, 그 이후에 함께하는 시간과 추억들이 되어갔지만, 사회생활의 친구는, 업무로 만나는 것이 대부분이기에, 회사 구성원에 주어진 기능적 역할을 하는 업무 성과가 우선되고, 그 이후에 함께 일하고픈, 서로에게 매력적인 사람으로 관계가 형성된다. 난 후자의 이런 관계가, 더욱 회사를 오래 성과를 맛보며 다닐 수 있게 해주는 하나의 방법이라고 생각한다. 이런 나의 비법은 알고 싶지 않은 채, 많은 다른 이들은 내가 반짝이게 닦아온 결과만을 보며, 얼토당토아니한 이런 말들을 하기도 했다.

"저도 저런 반짝이는 업무 하고 싶어요."

가끔, 회사 생활을 하다 보면 무논리를 궤변으로 늘어놓는 사람들을 많이 만날 수 있다. 본인들에게 기회가 갔을 때는, 잃을 것에 두려워 회피하던 것은 까맣게 잊는다. 다른 이가 갖은 역량을 잘 활용하여 훌륭한 결과를 만들고, 많은 이들에게 오르내리며 호응을 얻는 것이 그저 부러울 뿐이다. 이제 와서 그런 업무를 하고 싶다는 심리는 참, 그들답다 하며 넘기면 그만이다. 본인들에 불리한 것은 가린 채 그저 시기하는 이들은 비웃어 주며 마음을 다잡으면 된다. 이런 것은 비교적 가볍게 다뤄줄 줄 알아야 한다. 사람은 태어난 날부터 주고받으며 살아간다. 생명이 탄생할 때 잉태하는 주체자는 몸이 힘들지만, 기꺼이 생명을 받아들이고 기뻐하지 않는가. 지극히 건강한 관계의 로직이라고 생각한다. 이러한 로직들에 시간이 더해가면서 새로운 환경에 새로운 인풋 값들이 새로운 결과를 만들어 낸다. 그 결과로 또 다른 변수로 활용하여 확장되거나 축소되는 결과들을 만들어 내기도 한다. 학습적 접근 방법은 이렇지만, 우리 일상생활과도 다를 것이 없다. 더 정확하게 말한다면, 이 세상 자체가 거대한 로직 같다. 생성형 AI의 기반이 되는 트랜스포머 모델을 우리 삶에 대입해 보면 알 수 있다. 반면에 모든 개인이 태어나 자라나 성장하면서 삶의 목표를 정하거나, 정하지 않고 살아가며, 그 과정 중에 선택하거나, 선택 안 하게 되는 이들도 분명히 있을 것이다. 슈뢰딩거의 고양이가 떠오르는 순간이다. 대체 이런 내용들이 구름과 무슨 상관이냐고? 난 이런 상황일 때 상층운의 씨러스가 떠오른다. 이 구름이 상징하는 것처럼, 이 나라를, 아니 지구를 통제하고 이 수많은 인간이 어떻게 다양하게 살아나가는지 지켜보고, 터치해 주지 않을까. 순간, 집안의 가장, 기업의 경영자, 나라의 통치자, 종교의 대리 심판자들을 향한 무수한 비난과 권력에 따르는 우월감도 떠오른다. 씨러스가 갖게 되는 왕관의 무게는 어떠할까. 상상조차 되지 않는다. 구름이와 씨러스의 고충에 대해 논하느라 배에서 나는 꼬르륵 소리도 못 들은 채 시간이 흘러갔다. 허기진 나도 말수가 적어져 가고 있었지만, 늘어지는 구름이의 말 속도에 구름이의 전력이 다했다는 것을 알게 되었다. 수업을 정리하고 되돌아가는 길에, 구름공장에 갓 들어와서 놀라운 광경과 뛰어난 커리큘럼 수준에 감탄하고 있는 이들이 보였다. 이들처럼 이색적인 경험에 그쳐 있던, 기초 과정 학생 시절이 떠오르기도 했다. 그렇게 나는 꾸준히 구름공장을 오가며 구름이와 학습을 고스란히 내 것으로 만들어 갔다. 그리고 다시 한번 다짐했다.

'그래, 어디 한번 제대로 해보자! 내 리소스를 들인 만큼, 더 제대로 활용해 주겠어!'

이내 구름이는 규칙에 대해 알릴 의무 사항을 다하였다고 반복 알림을 주더니, 동의서를 내밀었다. 구름공장 규칙이 견고하다는 것을 다시금 알게 된다. 규칙들은 글자 아웃라인들이 금빛 그림자 색으로 반짝이더니, 깊게 음각으로 파여버렸다. 그리고 오른쪽 하단에 유효기간 일자가 자동으로 박힌 채 서명란이 생겼다. 한 장 안에 담기는 내용들이었지만, 그 한 장의 무게감이 상당히 느껴졌다.

중층운의 반란

중
층
운
의

반
란

문과생들이 주요 기업의 경영기획이나 경영관리의 요직
으로 입사해 거의 모든 의사 결정권자로 거듭나 포진해 있
을 무렵이었다. 나는 이공계 출신이다. 그렇지만 한때, 억대
이상 연봉이 화젯거리가 되면서 인기가 많았던 직군의 개
발자는 아니다. 물론 MBA도 했고, 억대 이상 연봉도 받고
있고, AI 디지털 관련 업무도 하고 있지만 말이다. 세상은
변하고, 디지털 전환이라는 단어가 화두가 되면서 "공대생
의 세상이 되는 날이 올 줄이야."라는 말들이 무성했다. 하
지만 세상은 늘 그래왔듯이 지혜롭지 못하다. 고성과자의

일부만 추앙받아 마땅한 상황임에도, 그 시기를 틈타, 비용 대비 효율성이 낮은 사람들도 그들이 갖고 있는 역량은 무시한 채 이 파도에 합류하려는 자들도 있었다. 연봉 높은 인력을 못 구해 난리인 관리자는 문과 출신들이었고, 그들은 기술을 몰라 비용 효율적인 인력들을 가려낼 수 없었다. 코딩 테스트를 본다는 것을 위안으로 삼으니 말이다. 채용 의사 결정권자들이 직무 이해도가 없으면 벌어지는 일이다. 그러니 선 좀 그만 긋고, 어차피 회사 비용이고, 회사 자원인데 당연히 같이 성공할 가능성이 높은 사람으로 뽑으면 좋겠지만, 이 세상은 또 그게 아니라네. 흐훗. 이 웃음의 의미는 시니어 직장인들은 모두 알겠지만 말이다. 졸업하고 회사에 다니고 있을 뿐이었는데, 이러한 세상의 흐름의 변화에 맞물려 웃기고도 슬픈 에피소드가 생각난다. 조직의 장들은 당연히, 여전히 문과 출신들이 차지해 있었고, 그들은 상당한 권한과 기회를 부여받았다. 대기업이라는 타이틀이 주는 안정감과 보장되는 임기 문화를 오랜 시간 장착해 와서일까. 책임은 여기 계신 분들에게는 요구되는 항목은 아니었다. 매해 열심히 무언가 하는 듯 경영진에 보고는 하지만 성과가 없는 반복적인 경영과 끝나지 않는 비즈니스

상태는 즉, 임기를 더 보장해 준다. 굳이 빨리 무언가를 달성해 기간을 줄일 필요가 없는 것이다. 포화 상태의 비즈니스에서 새로운 미래 먹거리를 찾아야 하는 시점에, 글로벌에서 불던 디지털 바람이 국내에서 불기 시작했다. 자연스럽게 신사업 부문장이 바뀌었고, 의사 결정권자들은 문과의 단독 질주에서 이공계 출신들로 일부 바뀌기 시작했다. 그럼에도 실패는 계속되었다. 이러한 변화 속에도 실패는 아무도 반기지 않았다. 기존 레거시 조직에서는 타 부문에 대한 특혜가(기존 모든 의사 결정과 기존 답습하던 업무 프로세스가 아닌, 외부 업무 프로세스를 차용해 가며, 그들에게만 좋은 근무 여건이 허락되는) 반발을 부추기기도 했다. 그럼에도 성과 없이 흐르는 시간은, 새로운 조직이어도 다를 것이 없다는 기득권의 안심으로 변해가기도 했다. 새로운 조직도 기존과 다를 것 없이 평준화에 맞춰지며, 책임 부재에도 연명 가능한 문화를 향유할 뿐이었다. 모두가 제자리걸음 분위기에 젖어 들 뿐이었다. 그 와중에, 나는 그동안의 다양한 산업에서 다양한 디지털 경험을 토대로 신사업 발굴에 집중하고, 아이디어들을 구체화하고 타당성 검토를 진행해 가며, 맡은 업무마다 계속 성공했다. 팀의 성공에서 회사의 성공으로 맞추어 정립하기 위해서는, 일 자체의 결과만이 아니라, 이것을 회사의 보상과 입지로 전환할 수 있어야 한다. 칼을 쥐었으면, 휘두를 줄도 알아야 한다는 것이다. 이러한 정치력이 부족했던 나는, 자기만족에 갇혀 역시나 또 새로운 업무 확장을 위해, 새로운 비즈니스와 디지털 기술을 접목하여 새로운 업무 발굴에 몰두하기 시작했다. 그러던 중, 밀려났던 과거 문과 출신 부문장이 해당 조직의 부서장 역할로 부임하게 되었다. 그의 첫 행보와 실적은 나에게 나의 출신에 맞는 부서 찾아주기였다.

"IT가 왜 여기에 있어. 기획서 정말 신선한데. 그거 일단 킵해두고. 사람만 내보내자. 우리 문과 살길 찾아야지. 이거로 몇 달은 버틸 수 있어."

이것이 나의 퇴사와 연결된 트리거였다. 누구나 그렇듯, 퇴사할 때는 만감이 교차한다. 더욱이 점프 업 할 수 있는 이직 회사가 확정된 상태가 아닐 경우는 실익을 더 따져보기 마련이다. 회사 경영 사정에 의한 발령을 배제하고서도, 재직 기간의 약 4년여 동안 10번의 팀 변경이 있었다. 내 손에 쥐고 있던 업무와 함께, 윗분들의 이해 상충에 맞춰 옮겨질 뿐이었다. 게다가 최근 한 해 상반기에만 4번의 발령은 지방노동위원회 혹은 중앙노동위원회에서 매우 즐겁게 맞아줄 요건들이다. 그러나 인사 부서에서는 회사가 필요에 의해 조직 변경을 한 것이고, 매해 좋은 업무 평가를 받았기에 잘못된 발령이 아니라 한다. 이런 이해할 수 없는 궤변들을 듣고 나니, 불합리함에 집중하던 분노가 자연스레 내려놓아졌다. 많은 이들에게 피해자라 규정지어졌던 발령임에도 불구하고 말이다. 심지어 인사 부서에서까지 나를 부러워한다는 것은, 왠지 모르게 김이 새는 듯한 기분이었다. 왜 그렇게 쩔쩔매는지, 그냥, 한마디로 전의 상실이었다. 어느 부서를 가서라도 하고 계신 일, 하고 싶은 일 하실 수 있다며 보장하겠다는 것이다. 잠시 한 기간 쉰다고 생각하면서 하고 싶은 일을 도모하자면서 말이다. 그러면서 본인들은 관리직 아니면, 할 수 있는 것이 없어 부럽다며 진심 어린 눈빛으로 얘기를 이어나갔다. 글로벌 시장 경제를 이끄는 선두 기업들 사이에서는 People Analytics 세분화를 거쳐 경쟁력 갖춘 인력을 확보하고 길러내고자 리스킬링(Reskilling) 및 업스킬링(Upskilling) 등의 단어가 몇 년 전부터 화두이다. 헌데, 지금 이러한 허무맹랑한 전개는, 아직 이 회사의 수준이 아니라는 것으로 스스로를 위로해 본다.

나의 어그레시브 했던 전장의 동기가 사라지는 순간이었다. 아직 사회인 수준의 경험과 사고방식이 아닌, 그들의 시선에서 얘기하자면, 바이올린 전공자에게 이렇게 말하는 것과 같다.

"바이올린을 매우 잘하셨으니 이제 비올라 하세요, 비올라 그룹에서 어떤 악기를 하셔도 지원 드릴 겁니다. 같은 현악이잖아요. 저희는 현악 전공이 아니라 하고 싶어도 못해요."

솔직히 멀티 역량을 가지고 있고, 주도적인 스타일을 추구하는 나로서는 좋아하는 접근 방향이고, 맞는 말이다. 할 수 있다. 물론 이 모든 것이 자의적인 것이라면 기꺼이 시도하겠다. 허나, 나의 셀프 이니셔티브를 또 기대하기에는, 회사가 나에게 너무나 예의가 없다 느껴진다. 이렇게까지 나에게 양심 없는 회사를 버리고 싶었다. 남들은 역량이 많아서 인정을 받기에 그런 거라며 부러워한다지만, 내가 아니면 아니다. 받는 월급 수준을 넘어 충분히 생산성 있게 다양한 역할을 수행했기에 단언할 수 있다. 그리고 난 아직 이런 종류의 타협은 하고 싶지 않았다. 다른 직원들은 내가 참 답답해 보였나 보다. 회사에서 정치적 발령인 것을 다 알고, 역량과 평판이 좋은 것도 다 알고 있기에, 상처받은 마음은 마음속 사표로 품고 있어도 되지 않겠냐며 말이다. 아직 열정이 넘쳐 그런다며 심지어, 희생양이라는 동정까지 받으면서 말이다. 암흑색 비구름이 내 머리 위로 비추더니 평편하게 퍼져 서서히 내 주변의 바탕색을 검게 물들게 하였다. 거센 비바람이 느껴지는 순간, 어두워진 세상은 점점 적막해지더니, 고요함 속에서 갑자기 빗소리가 우두둑 들리기 시작했다. 무거운 빗방울이 툭툭 떨어지다, 가속이 붙은 듯 힘있게 내리쏟기 시작했다. 떨어지던 빗방울들은 어느새 촘촘한 빗줄기로 바뀌어 내리기 시작했고, 주변은 점점 어두컴컴한 공기로 가득 찼다. 강한 빗줄기가 발생시킨 습도 가득한 바람은 내 머리카락 한 올을 볼에 닿게 했고, 아무리 손으로 떼어내도 떼어지지 않는 짜증스러움을 주기만 할 뿐이었다. 자그마한 암흑색 덩어리가 점점 커져 주변을 천천히 덮어버리기 시작했다. 님보는 위아래로 이리저리 다니며 영향력을 과시하기 시작했다. 님보가 지나가는 자리마다 암막으로 변하고, 세차게 내리는 비에 모두가 젖게 되는 모양새였다. 비구름인 님보는 중층운에서 발생하여 상층과 하층운에 어두운 막을 발생시키며 비를 내리는 속성이 있다. 갑자기 은색 섬광이 수평선을 그리며,

온 주변을 밝게 비추더니 그 빛은 커다란 직사각형 회의 테이블에 모아졌다. 그리곤 비가 내려 습해진 공기와는 다르게, 매우 건조하게 회의가 진행되고 있었다. 이 회의는 중층운에서 열리는 주간 미팅으로, 고정 참석자는 중층운 구성 위원인 알토큐뮬러스, 알토스, 님보로 이루어져 있다. 그 외 간헐적으로 중층운 어드바이저리 위원인 큐뮬러스와 큐뮬부스가 참석하기도 한다. 태생부터 비와 눈을 몰고 다니는 비구름의 상징인 님보에게 알토스와 알토큐뮬러스는 거북한 듯 매서운 눈길을 보내고 있었다. 상층운의 평화주의자라는 평판 만들기에 심혈을 기울이고 있던 그들이었기에, 더욱이 그들에게 님보는 중층운의 대표 문제아 그 자체였다. 들리지 않는 눈초리 언쟁으로 수 초가 흘렀다. 님보는 여전히 눈을 맞추지 않은 채, 자신의 흑색 구름이 잘 퍼져 있는지 살펴볼 뿐이었다. 역시나 커뮤니케이션이 제대로 이뤄지지 않는 이 미팅에서 먼저 말을 꺼내는 것은 알토스였다.

"님보, 도대체 왜 그러는 거야. 왜 그냥 우리만 잘 살면 되지 왜 자꾸 위아래 왔다 갔다 하는 거지?"

"알토스. 나도 이렇게 흑색도 아닌 암흑색인 거 자체가 싫어. 그래서 나도 나름 이렇게 펴보는 거야. 더 쭈그리고 뭉쳐지면 암흑색이 더 진해져만 가잖아. 나도 위아래도 펼쳐보면서 내 색을 유지하는 것뿐이라고. 나도 더 까매지기 싫어. 알토스 너도 회색빛인데, 나까지 우리 터전인 중층만을 흑색으로 덮는 것보다, 위아래로 색을 펼치는 게 낫지 않겠어?"

알토스는 할 말을 잃은 듯이 초점이 멍해졌다. 답보 상태에 놓인 상황에 알토큐물러스는 짜증 섞인 목소리로 말했다.

"가엾은 님보, 그렇게 우리 터전이 지켜지겠어? 위아래로 자꾸 그러는 건, 결국 우리에게도 영향이 올 거라고!"

"알토큐물러스, 당신은 왜 나한테만 그래요? 알토스도 가끔 그러는데."

님보는 심술궂은 표정으로 알토스에게 동질감을 부여하며 자신에게 동조하라는 듯 부추기기 시작했다. 넌지시 비추었던 암흑색 모습을 띠는 본인의 모습이 싫어서였을까. 비나 눈을 몰고 다니는 님보는 뚜렷한 윤곽 없이 하늘을 뒤덮는 먹구름이다. 중층운에 있는 알토스와 알토큐물러스와는 다르게 이름부터 님보이기에 이질감 또한 대놓고 느껴진다. 알토스도 약간의 연회색 빛을 띠고는 있지만, 중층 전체에 하얀색 차일처럼 펼쳐지는 영향력을 갖고 있으며, 더욱 낮게 깔리거나 두꺼워지면 흐리게 하고 비가 오게 할 수 있다. 암흑색 그 자체인 님보랑은 결이 다르게 느껴진다. 비슷하면서도 다른 것만 같은 알토스에 님보는 경계 모드가 발생한다. 님보는 항상 알토스가 알토큐뮬러스와 더 친해지고 싶어 하는 경향이 있다고 생각한다. 반면, 알토큐뮬러스는 님보가 생각하고 있는 것과는 달리 상층운에 있는 씨시와 비슷하다고 생각하고 있다. 알토큐뮬러스는 씨시의 몇 킬로미터 안 되는 밑에서 그를 항상 우러러보며 혼자만의 동질감을 느끼고 있었다. 언젠가는 상층운에 가서 저렇게 안정적으로 살아야지 하면서 말이다. 이렇게 딴생각을 품고 있던 알토큐뮬러스는 님보와 알토스가 시끄럽게 할 때면, 본인도 모르게 화를 내면서 몸집이 커지면서 하층운 날씨가 나빠지는 것에 동조하게 된다. 하층운에서 바라보는 알토큐뮬러스는 대략 이렇다.

"저 구름 좀 봐. 왜 저러지? 무섭기도 하다."

"그러게, 꼭 양 떼가 지나가는 것도 같네. 근데 징그럽다. 이상하게 그러네…"

비도 어둠도 없지만, 영향력도 없다. 징그러울 뿐. 이렇게 또 주간 미팅이 의미 없이 끝나가고 있었다. 님보의 얼굴은 더 심술 가득해졌다. 하층운에는 비를 뿌려대고, 상층운에는 최대한 암흑색 구름을 넓혀 상층운의 맑은 하늘에 암흑색 그라데이션을 발색하고 있다. 암흑색 기준의 그라데이션이 상층운 지역의 3분의 1 정도가량 차지하며 퍼져 있으나, 고요한 상층운 지역의 기류에 영향을 주기에는 어림없어 보였다. 하는 수 없던 님보는 하층운 지역 어디에서도 반기지 않는 심술궂은 굵은 빗줄기로 대신하였다. 미팅을 중재하던 알토스는 이런 님보를 가만히 지켜보았다. 그러곤 어깨를 최대한 넓히더니 하층운에서는 멀리 떨어진 채로, 힘껏 힘을 주어 몸을 부풀리기 시작했다. 은빛이 살짝 도는 연회색 구름이 상층운에 맞닿아 퍼지기 시작했다. 님보의 어두컴컴한 그라데이션 옆에서 알토스의 연회색이 얇게 깔린 구름은 마치, 은빛을 감춘 더 큰 그라데이션으로 보였다. 상층운 지역에서 내려다보는 알토스와 님보의 모습은 마냥 어두운 먹구름으로만 보이지는 않았을 것이다. 알토스는 님보와 같은 회색빛을 갖고 있는 구름이지만 생각이 좀 달랐다. 알토스는 알고 있었다. 보이는 색이 대조될 수밖에 없는 새하얀 흰색과 어둑어둑한 흑색의 차이가 있음에도 구름의 몸이 구성성분은 동일하다는 것을 말이다. 단지 주변의 대기와 환경의 영향으로 다양한 모양과 색을 띠게 되면서 위치가 정해지고, 이름이 정해지고, 역할이 정해졌다는 사실을 말이다. 이런 알토스는 님보를 고즈넉이 쳐다보며 안쓰러운 듯 혼잣말을 하기 시작했다.

'하층운에서 반겨주는 단비가 되어줄 수도 있는데, 대체 왜 저러나. 아직 어린아이같이 투명하네, 본심이나 행동이나. 너무 투명해서 탈이네…'

이 와중에 알토큐뮬러스도 자신의 몸집을 과시하고자 힘껏 몸을 부풀려 본다. 역시나 그 모습은 여러 개의 작은 구름으로 분리되어 떼 지어져 버리는 형상이 출현된다. 역시나 상층운에 닿을까 작은 구름을 데리고 분주히 지나가는 형국이다. 작은 구름 덩어리들로 나뉘어 하얗던 색은 흐릿해질 뿐이었다. 님보의 어둠은 알토스로 인해 은빛으로 보이고, 알토큐뮬러스는 희던 빛이, 제 성질에 퍼져 명도가 낮아져 가고 있었다. 그러면서도 알토큐뮬러스는 속으로 속삭였다.

'난 너희들과 달라. 내 색은 엄청나게 하얀걸. 난 씨시와 비슷한 부류라고!'

이런 중층운의 불협화음은 정기 주간 미팅이 더해질수록 심해져만 갔다. 날마다 같은 지역에서 정기적으로 만나는 관계임에도 서로 다른 아집으로 작은 내란의 씨가 싹트고 있었다. 그러던 중, 곧 다가올 구름 축제에 제출해야 하는 서베이 결과지를 놓고 다툼이 더해졌다. 서베이 결과에 한창 열을 올리는 것은, 구름공장 견학을 리드하거나, 구름공장장 후보가 되기 때문이다. 구름 세계에서 유일하게 상·중·하층운까지 공표되는 여론조사이기 때문이기도 하다. 구름 세계적 권위나 변혁을 일으킬 수 있는 하나의 위협이 되기도 한다. 그들의 태생도 이러한 과정을 거쳐 현재를 누리고 있다는 것을 알기 때문에 관심은 뜨거울 수밖에 없다. 알토큐물러스가 익명의 서베이임에도, 동일한 내용의 결과지를 사수하고자 하는 것은 중층운 내란의 트리거가 되었다. 서베이를 임하는 자세는 모두가 달랐기 때문이다. 암흑색의 생활에서 벗어나고 싶었던 님보의 입장에선 서베이가 변화의 희망이었고, 갈망이었다. 평화적으로 제 위치의 역할을 다하고자 했던 알토스에게는 이런 체계를 계속 유지하기 위한 도구였다. 상층운에 합류하고 싶어하던 알토큐물러스에게는 욕망이었다. 이렇게 중층운은 내란이 시작되었고, 태풍이 언제 몰아쳐도 이상할 것 없는 분위기였다.

'이게 뭐야, 구름 세계에서조차 이견으로 골치가 아프네.'

이렇게 무언가 복잡할 땐 단순한 것이 필요한 나였다. 늘 그렇듯 심호흡을 크게 하고, 한 템포를 나에게 가져와 내 호흡과 함께 생각을 멈추고, 정지된 상태로 돌아가 보려 애써보았다. 백 투 더 베이직이라는 짧은 문구와 함께 이내 잠시 까맣게 잊고 있던 것이 문득 떠올랐다. 구름이와 교환했던 비밀 말이다. 구름이는 늘 그렇듯 낭랑하면서도 일정한 톤을 유지하면서 말을 이어갔다.

"우리는 기초 과정과 심화 과정을 시작으로 구름에 대한 정보를 많이 드렸어요. 그로 인해 제공받으실 수 있는 다양한 기능들도 포함해서요. 근데 기본을 간과하는 분들이 대부분이더라고요. 그럼에도 당신은 영원을 언급하며 기본에 충실하려 하시니, 어쩔 수 없이 비밀을 말해드려요. 그거 아시죠? 구름은 일시적인 현상이라는 것을."

살짝 올라간 구름이의 톤에, '설마 인간처럼 감정을 넣어 말할 수 있는 걸까.'라는 착각도 잠깐 하게 되었다. 동일한 내용으로 준비된 정보를 제공하지만, 어디까지 정보를 얻고, 어떻게 해석하느냐는 다 본인에게 달린 것이라며, 비밀

누설이 아니라는 점을 강조하면서 말이다. 특수 구름 스티커로 엄청난 기대를 품고 많은 사람들이 구름공장에 모여든다. 그렇게 거대해 보였던 구름공장도, 쉴 새 없이 작동하던 구름 제작소도, 그 많은 사람이 참여한 첨단 교육 과정 시설들 모두가 상층운의 구름 소멸에 이르는 의사 결정단계가 오면 모든 것이 신기루처럼 사라질 수 있다. 구름이와 학습을 이어가며 비밀 얘기로 유추하게 된 것이다. 사실, 내가 비밀이라 얘기한 것은 이 내용인데, 구름이는 비밀이라는 단어 인식이 나와 달랐다. 구름이는 사람들이 뒷담화 하듯 나눈 얘기가 비밀인 것으로 메모리화 되어 있었다. 나와 나누었던 구름이의 비밀 얘기는 이랬다. 내 것을 지키기 위해, 다른 부류를 부추기며 싸움을 붙이는 현상은, 생각보다 데미지가 커서 이 전쟁이 끝나면 한쪽은 승리하지만, 언제 다시 뺏길지 모르는 불안함을 감춘 채, 승승장구하며 고약스러워진다는 것이다. 패한 부류는 그곳을 떠나거나, 떠나지 못하는 자들은 조용히 세상살이는 다 이런 거라며, 패전을 잊은 듯, 과거의 영광에 살고, 마음을 내려놓는다. 하지만 부글거리는 화는 내려놓지 못하고, 현실에 순응해 자격지심에 하나가 더 생겼을 뿐이다. 마치 천둥

과 번개가 심하게 치고 지나간 자리처럼 적막하고 상처투성이로 볼품없는 것이 없다. 하지만 우리가 알듯이, 시간은 지나가고, 폐허는 정리되듯 다시 살아간다. 승자도 패자도, 그냥 그렇게 변해가며 살아가게 되는 것이다. 다른 점은, 본인이 실행한 것에 따른 결과에 기반한 인생이 살아가짐이다. 구름이와 이런 대화까지 할 수 있다는 것에 놀라울 뿐이었다. 어찌 되었든, 난 회사나 집안의 구성원으로서 나에게 주어진 기능을 최적화하고 역량을 높이는 데에 많이 시간과 에너지를 쏟았다. 물론, 더 잘하고 싶어서 이곳에 와 있는 것이기도 하고 말이다. 어느 정도 학습 시간이 쌓이면서 구름에 대한 지식도 깊어지고 있었다. 구름이와는 수많은 학습 시간을 마치 친구와의 토론 시간인 듯 지낼 정도였다. 구름이가 머뭇거림 없이 갑자기 물어본다.

"어떤 구름을 선택하실 건가요?"

"비밀인데요!"

"어떤 구름이 불편하셨나요?"

'와, 이거 뭐야. 비밀이라는 단어만 나오면 뒷담화 모드로 설정되는 이 기분은 뭐지.'

구름이에게 비밀이 왜 이렇게 설계되어 학습되었는지 모

르겠지만, 어처구니없는 장면이었다. 실랑이를 피하기 위해 구름이에게 말했다.

"나에게 잘 어울리는 구름을 말해주세요."

"뭉게구름! 하지만 선택은 본인이 하셔야 합니다."

사실 내 마음속에서도 언젠가부터 못생긴 먹구름보다는, 예쁜 구름을 선택하고 싶었다. 보이는 것이 그 이미지를 만들고 부수적인 효과들을 발생시킨다는 것은 많은 논리들이 증빙해 주는 것 같다. 이런 성향에 맞춰 예상해 보면, 분명 뭉게구름을 택할 것 같다.

'아차, 그런 귀엽고 작은 사랑스러운 구름이 무슨 힘이 있겠어.'

사람은 경험에 의한 학습의 동물이라고 했던 말이 공감되는 순간이다. 나 또한 나를 괴롭혔던 세계에서 편견들로 내 선택을 주저하게 된 것이다. 나를 좋아하면서도 주저했던 사람들과 다를 것이 없다며 말이다. 내 자신이 참 못났다 싶었다. 아직 인생의 중반을 살고 있고, 아직 내공이 부족하다는 뜻일까. 나도 아직 중층운에서 벗어나지 못하고 있다 하고 들킨 순간이다. 이런 나를 비웃듯이 님보와 알토큐물러스의 행동이 더 격해지고 있다. 알토큐물러스는 온

몸에 힘을 다해 몸집을 키워가고 있으며, 그 형상은 희미한 하얀 솜 덩어리 뭉치들이 마구잡이로 찢겨 난장판으로 어질러져 있는 것만 같았다. 중층운이 메슥거리고, 어지러울 지경이었다. 이에 질세라 님보는 더 짙은 암흑색 어두움을 중층운만이 아닌 상층운까지 드리웠다. 하층운에는 엄청난 비를 뿌려대고 있었다. 끝날 것 같지 않은 힘겨루기가 한창이었다. 그 사이, 큐뮬러스가 겨우 비집고 들어서게 되었다. 그리곤 큐뮬부스를 긴급히 호출했다.

하
층
운
의

시
련

하층운의 시련

이번 주도 내내 비가 내린다. 장마 시기도 아니고, 가뭄도 아닌데 이런 갑작스레 내리면서도 엄청난 강수량을 기록하는 비는 달갑지 않다. 우산을 쓰고 걸어서 이동하기에도 어딘가 젖어 축축해지는 기분이 싫고, 운전하고 가더라도 이제는 늙어서 빗물이 내뿜는 안개에 신호등이 흐릿해져 미간에 주름지어지는 것도 싫다.

'어머나, 비 오는 것이 이젠 노화까지 신경 쓰이게 하다니.'

비가 와서 불편했던 점들이, 여러 가지로 파생되는 것을 알게 되는 시점이었다. 비로 인해 찌푸린 미간이 내 인상을 만들고, 그 인상은 내 인생을 대변해 준다는 어쭙잖은 나래가 펼쳐질 찰나, 또 다른 회기가 떠오르고 있었다. 비가 세차게 오던 장마 시즌의 어느 날이었다. 출근하는 사람들로 꽉 찬 버스 안에서, 사람들이 많이 내리지 않는 정류장이 다가오자 벌써 신경이 곤두섰다. 내려야 한다는 강박이 밀려오며, 넓고 튼튼한 백팩의 어깨끈에 압박되어 졸려왔다. 내 몸을 절로 전진하게 만드는 느낌이 전해졌다.

"잠시만요, 저, 내릴게요."

라는 외마디 외침과 함께 보도블록에 발을 내디뎠다. 내렸다는 안도감을 느끼기도 전에, 머리와 뺨에 세찬 빗줄기가 느껴졌다. 급하게 우산을 펴는 순간 휘청이는 약한 우산살이 야속하기만 했다. 내 팔과 가방은 여느 비 오는 날과 다름없이 빗물로 젖어 들고 있었다. 우산을 바로 들기도 전에, 무언가 쎄한 느낌이, 내 목 뒤를 타고 세찬 바람살이 차갑게 감쌌다. 고개를 돌리는 찰나, 시속 100km 이상인 것 같은 트럭이 지나쳐 버렸다. 0.00001초가량이었을까. 세상이 잠시 멈춘 듯한 음 소거 상태였다. 내 호흡이 내뱉어지는 순간, 강력한 물대포를 맞고 있다는 것을 직감했다. 내 시선이 지나가는 트럭을 보고 있다는 것을 알았을

108
109

때, 내 머리부터 발끝까지 웅덩이에 있던 흙탕물이 비와 함께 내려오는 거센 비의 마찰로 강력한 분수 물줄기가 되어 나라는 작은 인간에게 정통으로 뿜어댔음을 인지했다. 미처 빨리 피하지 못한 나에 대한 답답함과 이런 곳에 엄청난 비를 담아둔 웅덩이, 굳이 인도 옆으로 그렇게 시속을 내며 달려야만 했던 트럭까지, 나의 쾌적한 수업을 방해한 이유가 많았지만, 그때 당시에는 아무것도 떠오르지 않았다. 그냥, 울었다. 아니 엉엉 울며 걸어갔다. 비에 맞아 젖는지, 내 눈물이 흘러 젖는지 알 수 없이 큰소리로 엉엉 울며 걸어갔다. 갑자기 터져버린 큰 울음소리로 아침 출근 시간의 버스정류장을 가득 메운 채, 걸어나갔다. 이런 나를 어쩌지 못하며 뒤따르는 남편이 빗물에 흔들리듯 뿌옇게 보인다. 다가와 우산을 바로 잡아주는 남편 손을 뿌리쳤고, 괜찮냐는 말을 건네는 남편의 목소리가 들리지 않게 더 크게 엉엉 울어대며 직진만 했을 뿐이다. 미성숙했던 자아에서 나오는 어린아이 같은 행동이었는지, 어린아이 같은 행동에서 나오는 미성숙한 정신이었는지 모를, 바보 같은 장면이었다. 그렇게 걸어 학원 앞에 다다랐다. 겨우 크게 한숨을 내쉬고는 마음을 진정시키고, 교실로 들어서 앉았다. 주변에 수업 준비하는 사람들의 움직임과 인사말들에서의 소음은 마치 영화 속의 시장 배경음으로 작게 들릴 뿐, 내 시선과 온 정신은 내 호흡에 있었다. 수업이 이제 곧 시작하니, 더 이상 눈물은 안 돼, 집중하자는 것뿐이었다. 나름의 호흡을 정갈하게 한 번 더 하고, 가방에서 영어 교재를 꺼내기 시작했다. 내 손에서 오늘의 수업 진도가 펼쳐지면서, 비에 젖은 교재의 눅눅함으로 쪼그라진 종이에 글씨들은 찌그러져 보였다. 나는 소리 없이 강한 빗줄기가 내 교재 진도에 뿌려지는 것을 보고만 있었다. 내 모습 같았을까. 난 고개를 들지 못하고 거울이 되어버린 이 교재에 계속 내가 그렇게 당한 빗줄기를 뿌려대고 있었다. 아직도 이 장면은 나의 마음속에 아련한 챕터로 남아 있다. 가끔 꺼내어 그 상황을 함께 지내온 남편과 같이 이야기하기도 한다. 그사이 우리는, 아예 그 상황을 겪지 않을 수 있던 조건인 자동차도 샀고, 아예 학원에 가지 않아도 되는 역량을 갖추기도 했다. 시간이 더해감과 함께 우리의 얘기들은 저급 수준에서 (우리가 영어권에 태어났더라면, 아니 살기라도 했더라면 굳이 그 시간에 거기 갔어야 했을까, 우리가 그때 자동차가 있었더라면 그 비는 맞지 않았겠다며) 멈추지 않고 지금의 모습을 갖추게 되어 기쁘다. 우리는 알고 있다. 같은 동화책 한 권이라 할지라도, 어렸을 때 접하였을 때와 성인이 되어 접할 때의 느낌이 다른 것을 말이다. 세상 다 가진 듯이 기쁠 때 읽는 동화책은 동화가 어른에게 주는 교훈을 떠올릴 것이다. 세상 다 잃은 듯이 부정적일 때는 '동화책이니까 저렇지.' 하는 회의적인 반응이 나올 것이다. 이렇듯이, 우리도 이 챕터를 이야기할 때는 새로운 시선들이 추가된 것 같다. 주어진 세상을 살아갈 뿐이었던 그 시절, 지금은 그 시절의 상층운은 아니지만, 적어도 왜 내가 이런 비를 맞아야 했는지, 중층운에서 왜 반란이 일어났는지 알고 있다. 이런 비를 안 맞거나 피할 수 있는 상층운의 근본적인 존재 가치에 대해서도 말이다. 알고 모르고는 분명, 삶을 바라보고 나아가는 데에 큰 차이가 있다. 내가 살아가며 경험을 더하고, 지혜로 탈바꿈해 가며 만들어 가는 개인의 수용력은 개인마다 다른 시야를 만들어 내니 말이다. 님보의 영향으로 잿빛으로 변한 하늘 아래, 일주일이 넘도록 비가 오고 있었다. 이제는 큐물부스까지 거들어 여기저기 소나기에 번개까지 동반했다. 도무지 깜깜한 이 세상은 언제 끝날지 모를 암흑 세계, 그 자체였다. 끝날 것 같지 않은 어둠의 빗소리가 돌연 조용해졌다가 이내 천둥 번개가 여기저기 난무하며 더 짙고 위협적으로 울려 퍼지기 시작했다. 이런 자연의 압박에 아무런 대응 없이 가만히 지켜볼 수밖에 없는 상황이 계속되었다. 내리쏟아지는 빗물이 더 많은지, 넘쳐흐르는 빗물이 더 많은지 알 수 없는 비는 끝날 기미를 보이지 않았다. 점점 어두워져만 갔다. 더 이상 어두워짐이 없는 시점에 달했다 싶을 때, 어둠 속에서 발하는 반짝임이 보였다. 숨 졸이며 갈망하던 빛이었다. 허나 그저 신기루였고, 희망의 빛에서 심장을 마구 때려대는 공포로 변했다. 큐물부스의 천둥 번개는 가히 최강의 에너지임이 분명하다. 컨트롤할 수 없는 과부하 에너지와 그로 인한 폐해는 이루 말로 설명할 길이 없다. 알토스와 님보의 전력을 흡수한 듯, 보란 듯이 장대비를 내리고 있었다. 이내 하층운의 지표면에 홍수가 여기저기서 불거져 밀려 나오기 시작했다. 하층운의 대기는, 대기라 할 것도 없이 굵고 거세게 내리는 장대비와 뇌성벽력으로 가득했다. 큐물부스는 점점 세력을 확장하여 상층운에 높이 솟아올라 희미하게 깔린 씨스를 마주하게 되었다. 수직으로 발달하는 구름인 큐물부스는 이렇듯 중층운에서 시작하여 하층운엔 심각한 자연 영향을 끼치기도 하며, 상층운에도 영향력을 끼치는 유일한 구름이다. 알토스와 님보의 영향으로 하층운 지역에 가득한 암흑세계가 길어짐에 따라 큐물러스가 전 층운에 접근이 가능한 큐물부스를 호출한 것이다. 큐물러스는 막막한 어둠의 세계에 갇혀 있던 하층운 지역에 따사로운 햇살과 같은 존재이다. 중층운에서는 정의의 사도 역할을 하면서도 하층운에서는 언제나 사랑스럽고 귀여운 존재가 되어준다.

"으악, 알토큐물러스처럼 회색빛이 되기 전에, 조치해야 해!"

"오 나의 귀여운 큐물러스, 저들이 주간 미팅에 또 우리를 부르지 않고 뭔가 작당을 했나 보군요."

중층운의 전운이 감돌던 주간 미팅 결과, 중재가 되지 않고 모르쇠로 넘기던 주간들이 쌓여, 결국 하층운 지역만 피해를 보게 되는 상황이 발생하였다. 이에 하층운에서 나름 사랑을 받는 큐물러스는 이를 안타깝게 여기고, 그의 절친인 큐물부스에 연락을 취한 것이다. 상층운에 전달할 사다리 같은 존재가 필요하기 때문이다. 물론, 큐물러스와 비슷한 성향과 색을 내는 큐물부스임에도, 상층운 지역까지 닿기 위해선, 본인의 전력을 다해야 상승할 수 있다. 큐물부스는 벌써 생명수가(천둥 번개를 발생시키는 아이템으로, 다섯 개 소진 후에는 큐물부스가 소멸한다.) 세 개밖에 남지 않은 것을 확인했다. 원치 않는 어둠의 전령사로 바뀌어야만 전력을 상승시켜 상층운에 닿을 수 있고, 부수적으로 하층운에는 더 악영향을 끼칠 수 있기 때문에 쉬운 일만은 아니다. "큐물부스, 생명수까지 소진하면서 저층운을 위하는 건데, 불가피한 상황을 모르는 그들에게는 욕만 먹고. 내가 정말 미안해. 그래도 이렇게 도움을 청할 수밖에 없어."

"사려 깊은 나의 큐물러스, 이러니 널 사랑하지 않을 수가 있겠니. 우리가 생성되고 소멸하는 순간까지 의미 있는, 아니 적어도 너에게만이라도 가치 있는 존재가 된다면 난 상관없어. 하층운에는 두려움의 대상이 되고, 상층운에는 대의로 보이겠지만, 이 모든 것을 행할 수 있는 근본은 우리의 사랑이야."

큐물부스는 큰 어른인 양 목소리에 힘을 주어 저음으로 말했다. 그러고는 상냥스러운 눈빛으로 큐물러스를 바라보았다. 큐물러스는 아이처럼 그저 눈빛 교환에 좋아하며, 행복함과 동시에 애잔함을 느꼈다. 큐물부스의 마음을 몰라주는 하층운이 야속했고, 하층운에 이를 설명할 길 없는 구름 세계 구조에 답답하고 절망했다. 세상은 공평하지 않다는 것을 모두가 알고 있다. 아니 아이들은 모르겠지. 그래서 공평하다 가르치는 것이겠지만 말이다. 이 말에 동의가 된다면, 그만큼 고단하게도 살았다는 말일 것이다. 그 얼마나 공평할 줄 알고 살았고, 그 공평치 못함에 좌절했고, 그래서 공평함을 외쳤고, 공평하지 않음 속에서도 얼마나 애쓰며 살아왔을까 싶다. 공평하지 않다는 것을 알고 있음에도 불평이 없을 순 없다. 각자의 처한 상황에서 회사의 부조리함을 논할 때, 결국 주인이 아닌 이상, 우린 안다. 모두가 노비에 지나지 않는다는 것을 말이다. 무능한 팀장도, 유능한 임원도 노비이다. 자기 실속만 차리는 임직원들도 노비이고, 회사 발전이라는 타이틀 앞세워 아부와 아첨을 일삼는 그들도 그렇다. 승진 누락에 우는 당신과 상여금이 오르지 않아 체념할 수밖에 없는 당신도 다를 것 없이 그렇다. 노비들은 말한다. 노비끼리 싸우지 말라며 말이다. 비단 회사에서만이 아니다. 금수저, 흙수저이니 하며, 다이아몬드 수저까지 논하게 된 사회 현상은 각자 삶의 영역 바운더리에 갇혀 있는 갑갑함의 표현일지 싶다. 더 나아 보이는 세상을 그저 바라만 볼 수밖에 없는 무기력한 상황에서 말이다. 중층운의 암흑색 구름인 님보와 상층운을 항상 넘보던 알토큐물러스가 떠오른다. 본색을 지워보고자 구름을 널리 드리워도 보지만, 제대로 되지 않자, 더 흑화되어 어두워진 채 비구름으로 떠도는 님보 말이다. 항상 냉소적이고도 부정적이었던 중층운의 문제아 님보 말이다. 겉모습만이라도 다이아몬드 수저가 되고 싶은 마음으로 소셜미디어에서 포장하기도 하고, 시기와 질투에 휩싸이기도 하는 이들을 보면 알토큐물러스를 소개해 주고 싶을 정도이다. 중층운의 반란으로 인한 고난을 고스란히 하층운이 받고 있다. 어두운 비바람이 그칠 줄 모르고 거세지기만 하는 이 시기에 하층운이 가장 많이 피해를 보는 것과 다를 것이 없다. 도대체 무슨 영문으로 이런 비가 내리는지 알길 없는 하층운은 여기저기 무너져 내리기 시작했다. 그들이 지켜내고 있던 터전인 땅도, 그 위에 살고 있는 모든 것들이, 아이러니하게도 비에 젖었지만, 축축하면서도 둔탁하게 말라비틀어져 버린 듯이 시들해져만 갔다. 얼마나 지났을까. 하층운에서도 움직임이 일어나기 시작했다. 마치 젖은 부싯돌이 서로 맞부딪히며 반짝반짝거리더니 번쩍이며 열을 올리는 듯했다. 각계의 전문가들이 의기투합하여 연대하기 시작했다. 나름의 경험과 지혜를 바탕으로 그들은 밤낮으로 자연과학에 몰두했다. 또한 이러한 현상으로 인한 하층운의 사회 변화에 대한 인문학적 연구도 병행하였다. 이러한 자구책에도 불구하고, 중층운에서 시작된 끝날 줄 모르는 억수 같은 비는 하층운을 무방비 상태로 만들어 놓았다. 그럼에도 하층운은 자생력을 기르겠다는 일념하에, 연구하고 몰두했다. 그렇게 경쟁력을 갖춰가고 있는 하층운이었다. 나 또한 겪었던, 비 오는 날, 인도를 지나다 차도의 깊은 웅덩이에 담긴 물에 흠뻑 젖는 일이 또다시 생긴다고 할지라도 지금은, 그렇게 엉엉 울지 않을 만큼의 내공을 쌓아 마음을 단단히 성장시켰다. 자연스레 하층운을 응원하는 마음이 생겨났다. 중층운의 반란으로 시작되어 어둠의 세상으로 변해버린 지금, 하층운에 집중된 피해가 안타까운 큐물러스의 마음과 그에 전적으로 동의하는 큐물부스가 움직이기 시작했다.

상
층
운
의

명
분

상
층
운
의

명
분

곧 개최될 구름 축제를 앞두고, 주관 위원장인 씨러스 회
장과 주관 위원인 씨시와 씨스가 오랜만에 회동에 나섰다.
큐물부스가 긴급 전갈을 보낸 뒤라, 다소 착잡한 표정으로
걸으며 대화를 이어갔다. 그들을 둘러싼 상층운은 이와는
반대로 분주하면서도 상기된 분위기로 구름 축제 준비의
한창이었다.

"큐물부스가 곧 도착한다네요."

씨시와 씨스는 눈짓을 주고받더니, 고개를 끄덕이며 단호
하게 말하기 시작했다.

"이젠 행해야 할 때인 것 같습니다."

"찬성합니다, 여러모로 이제는 결단을 내려야 할 때라고 판단됩니다."

씨러스는 입술을 살짝 다문 채, 올 것이 왔다는 표정을 지었다. 새하얀 새 깃털을 살짝 실바람에 띄우듯 날리더니, 따뜻한 온기를 내뿜으며 주변을 둘러본 뒤, 매무시를 단정히 하고는, 대화를 이어갔다.

"개회사에 우리의 결단을 담도록 하지요. 이번엔 하층운도 함께하면 좋을 텐데."

"하층운에서 답신이 왔습니다만, 애석하게도 이번에도 바빠서 참석이 어렵다고 하네요."

"바쁜 것이 맞대요? 입고 올 옷이 없어 못 온다고 툴툴대는 것도 들었고…"

씨스와 씨시가 현안을 전달하느라 바쁜 와중에, 멀리서 알토큐뮬러스가 보였다. 잠시 말을 멈추고, 어수선한 거리 사이로 발길을 옮기며 사라졌다. 거리 곳곳은 축제 준비가 한창이었다. 오랜만에 모인 구름 가족들이 제 할 일 하면서도 얼굴에는 웃음이 가득했다. 고요했던 상층운이 모처럼 왁자지껄해지는 거리로 변해 있었다. 어느덧 준비가 마무리되고, 드디어 전야제가 시작되었다. 익히 알고 있는 전통적인 구름 라이프를 체험하는 부스에 이어, 새로이 제작되고 있는 신종 구름 소개 부스까지 가지각색의 구름 섹션들이 일렬로 늘어서 있었다. 형형색색의 별빛들까지 놀러와주어, 더욱이 빛나는 거리였다. 서로의 구름 모자를 머리에 얹은 채, 사랑스러운 눈빛으로 바라보던 구름 연인들에 이어, 구름 과자 먹겠다고 떼쓰는 아이를 달래며 구름 가족 족보 설명을 꽤 열심히 하는 단란한 구름 소가족들까지 요란스레 분주하면서도 입가에 행복한 웃음들은 사라지지 않는 풍경이었다. 클라이맥스로 자정 시간이 다하자, 어두운 상공에서 은은한 달빛이 비치기 시작했다. 밤하늘에 수놓아진 초승달과 보름달은 가히 충격적이었다. 가느다란 초승달 옆에 그믐달이 보이더니, 그믐달 옆에서 보름달까지 보였다. 점점 동그래지는 형상이 겹겹이 옆으로 쌓여 가히 달로 무지개 형상을 띄는 장관이었다. 달 뒤로는 어느새, 정신없이 반짝이며 놀던 별빛들이 밤하늘로 올라가 펼쳐진 달들의 주변에서 더욱이 아름답고 찬란한 은빛들을 뽐내고 있었다. 황홀한 광경에 모두가 넋을 잃고 도취한 채, 전야제는 막바지로 치닫고 있었다. 밤하늘에 폭죽이 터지듯이, 별빛들은 불꽃들로 변했고, 은은했던 빛들은 휘황찬란한 빛으로 변해 제각기 포물선을 그리며 그러데이션 색상 빛으로 수를 놓기 시작했다. 별빛들은 어느새, '빛나는 구름공장'이라는 단어를 한가운데 새겨주었고, 단어가 새겨지자 구름 한 점이 그려지더니, 구름 양옆에는 해와 달이 그려졌다. 밤하늘에 가득한 형상들이 반짝였고, 모든 이들은 바라보며 환호했다. 마치 아름답고 푸른 도나우 강에 빛들이 더 푸르르게 반사되는 듯했으며, 강물에 눈부시게 아른거리는 빛들이 마치 시 한 편 써 내려가는 연출처럼 느껴졌다. 요한 슈트라우스 2세의 화창한 선율이 이미 귓가에 쩌렁쩌렁하게 울리고 있었다. 신선한 밤공기를 맞으며 추는 왈츠가 전야제를 절정에 이르게 했다. 어느덧, 밤하늘에 있던 별빛과 달빛, 그리고 햇빛이 희미해졌고, 구름 한 점 덩그러니 남아 전야제가 끝나감을 알리고 있었다. 구름 축제는 구름 세계의 단기 및 중장기 계획을 공유하며, 그들의 단합과 미래 계획을 논하는 자리이다. 구름공장의 경영 공시를 발표하고, 공장장 및 위원 선출 여론 투표도 함께 진행된다. 또한 축제라는 이름에 걸맞게, 훌륭한 업적을 기리는 수상식도 포함된다. 특히, 베스트 서베이 수상자는 직무

또는 전배 기회도 주어진다. 직무는 구름공장 내 역할을 받을 수 있는 것을 의미한다. 전배는 충운 간의 이동을 뜻한다. 축제 참여자들은 멋진 드레스 코드로 무장한 채, 매력을 발산하는 날이기도 하다. 모든 충운의 구름들이 한날한시에 모이는, 손꼽아 기다리는 날임에 틀림없다. 바로 구름 세계의 사교장인 셈이다. 알토큐뮬러스는 자기 성질대로 퍼져버리는 양 떼 무리 같은 모습을 감추느라, 작은 구름 덩어리 간의 연결 고리가 되는 반짝이는 쇠사슬과 규칙적인 배열로 보이는 퀼트 재질로 된 의상을 뽐내며 벌써 여기저기 둘러보느라 정신없는 모양이다. 역시나 위원장들 눈에 띄려 기웃거리는 모습이 보인다. 축제의 주관자들은 멀리서 눈인사 정도만 건넨 채, 큐뮬부스를 찾아 급하게 자리를 옮겼다. 짧게 반가운 인사를 나눈 뒤, 그들만 출입 가능한 회의실로 들어갔다. 착석하기도 전에 모두가 한목소리로 큐뮬부스에게 고생이 많다며 감사의 말을 아끼지 않았다. 큐뮬러스의 안부도 함께 말이다. 고딕 문양으로 가득한 천장 높은 이 회의실은 출입자 특성으로 만들어진 명패가 자리마다 놓여져 있다.

흰색 깃털 하나로 가장 높은 위엄을 느낄 수 있는 명패와 의자가 씨러스의 자리를 감싸고 있다. 작은 구름들이 규칙적으로 가로 및 세로로 3열 배열된 정 네모반듯한 씨씨의 자리가 보인다. 희미하지만 흰색을 가느다랗게 띠며 가느다란 줄무늬들이 의자를 감싸는 씨스의 자리도 보인다. 화려하지 않아도 담백하고 경이로움을 주는 이 회의실은 신비로움이 가득했다. 강력한 힘이 감도는 사다리 모양의 큐물부스의 자리까지 빼놓을 수 없다. 바로크 장식의 화려함보다, 고딕 양식으로 단아함과 우아함이 가득한 공간이 그들의 대화 수준도 그러함을 대신해서 표현해 주는 것 같다.

"큐물러스의 요청으로 여기까지 오느라 저의 생명수는 이제 다 한 것 같습니다."

"큐물러스가 제안한 것이라면, 적시임에 의심은 없습니다. 다만 큐물부스, 당신의 상태가 안타까울 뿐입니다."

"저의 소멸은 겁나지 않습니다. 단지 헤어짐이 아쉽고, 제 역량 안에서 정리되지 못하는 것이 마음에 걸리네요."

"아니요, 큐물부스. 당신은 충분히 했습니다. 당신의 신호를 눈치채지 못한 어리석은 자들이 문제겠지요. 우린 이제 곧 불어올 태풍과 피날레가 될 수 있는 구름 축제에 집중합시다."

이구동성으로 큐물부스의 사명을 다함을 말했고, 이내 구름 축제에 필요한 경영 공시 항목들을 점검하기 시작했다. 그중, 구름 제작 수치가 상당히 줄어든 것에 우려를 표하며, 공급과 수요 예측이 빗나가고 있음을 인지하고 원인 분석에 들어갔다. 구름 제작의 기반이 되는 대기가 오염 물질들로 인해 공급에 차질이 생기고 있었다. 씨스와 씨시는 혀를 내두르며 말했다.

"어리석음이 언제까지 다할지, 그들의 미래를 갉아먹고 생존까지 위협받는 상황을 자초하고 있네요."

구름이 생성되기 위해서는 지표면의 온도가 높아 지상의 물이 증발함과 동시에, 대기 중의 온도가 낮아 수증기가 응결되어야 한다. 한데, 대기 오염 물질 중의 하나인 연기는 지면으로부터 방출된 열 복사선을 흡수함과 동시에 햇빛을 차단한다. 이에 따라 대기 중의 온도는 상승하고, 지표면의 온도는 하강한다. 이러한 작용이 대기와 지표 사이의 온도 차이를 줄어들게 하는 것이다. 이에 따라, 구름의 형성과 성장 과정을 방해하는 환경이 조성되는 것이다.

"하층운도 이것을 인지하고 있는지가 중요해 보이네요."

"하층운 코어 엔진을 돌려보니, 최근 국제 학술지에서 검증한 이력이 있습니다."

"농도 높은 에어로졸이 지표로 가는 햇빛을 차단해 구름 형성을 막는 것까지 알아냈네요."

상층운 구성 위원들은 놀란 눈빛을 주고받았다. 질산염 및 황산염과 같이 에어로졸은 연기와 달리 열 복사선을 다량 흡수하지는 않는다. 심지어 에어로졸은 미세입자로 적당한 농도에서 수증기의 응축을 도와 구름 생성을 활성화하는 것에 도움을 주기도 한다. 이에 구름공장도 에어로졸의 미세입자 크기에 따라 적절한 농도를 조절하여 구름 제작소를 가동하는 주요 에너지원으로 활용한다. 하지만 에어로졸의 농도가 높은 경우, 햇빛을 차단하고, 지표의 온도를 낮춰 구름 형성에 방해가 되는 것이다.

"기후 온난화에 대한 사회 운동으로도 연결이 되어 하층운에서도 이미 알고 있다 봐도 무방합니다."

"무지에서 오는 어리석음이 아니라, 더 안타깝기 그지없습니다."

"이 와중에, 중층운 반란으로 더 힘든 시기예요."

씨스와 씨스는 똑똑한 것이 만능이 아니라며 서로 중얼

대기 시작했다. 상층운의 엄격한 통제 아래 에어로졸 소비의 중요성과 뿌듯함을 뽐내면서 말이다. 가느다랗고 긴 깃털이 살짝 흩날리는 듯한 씨러스의 몸짓에 모두가 다시 조용해졌다.

"좋아요, 이번엔 구름 축제 개회사에서 선언하겠습니다."

"폐회사까지 시간이 부족할 듯싶습니다. 그 전에 태풍에 우리가 다 소멸할지도 모르겠어요."

상층운이 태풍을 맞서 넓게 퍼져 있는 지역을, 특히나 그들의 근본인 하층운을 지켜내다 보면, 그 소용돌이와 함께 사라져 버린다. 이는 물리적인 구름의 소실과 함께 영적인 관계들도 함께 사라지는 것을 뜻하는 것이다. 예견하고 있던 일에 대한 논의였지만, 각자의 아쉬움을 구름 축제 개회사에 잘 담아보기 위해 치열하게 논하느라 정신이 없었다. 마치 마지막 전장에서 져도 좋으니, 잘 싸웠노라는 전략을 세우는 것처럼 말이다. 그들의 마지막 키노트는 그 어느 때보다 심금을 울리는 발언이었다. 씨러스의 넓고 관대한 시야, 씨씨와 씨스의 사려 깊고 배려 깊은 마음씨, 그리고 몸소 희생하며 절망과 희망을 주며 혜안을 갖도록 가이드해주던 큐물부스의 뜻깊은 지혜까지 다 담긴 키노트였다. 상층운의 존재와 소멸의 명분이 담아진 개회사이기도 했다.

구름 축제 개회사

(생략)

우리 7기의 구름 세계, 그간 잘 해왔습니다.

이제 우리의 명분이 다했음을 선언하고,

새로 다가올 8기의 구름 세계는 더 발전된 모습으로

전역에 걸친 자연과 기술 발전에 도움이 되는

구름 세계관의 축이 되어주길 기대합니다.

이만 줄이며, 모두 허락된 영원을 즐기시기 바랍니다.

구름공장 제 7 기 *씨러스*

구름 축제가 시작되고, 개회사가 선언되자 축제장은 혼란의 도가니 그 자체였다. 그중에서도 알토큐뮬러스는 가관이었다. 그간의 상층운에 상납되지 않은 상납 리스트를 외치며, 자신의 몫을 이렇게 허무하게 가져갈 순 없다며, 7기 구름 세계의 소멸을 받아들이지 못하는 모습이었다. 이러한 난동을 충분히 참아준 씨러스는 알토큐뮬러스에게 다가갔다. 그리고 작은 말로 속삭였다. 그러더니 알토큐뮬러스는 몸집을 세상 최대로 불리더니 몸이 갈기갈기 찢어져 천상계를 뒤덮어 버렸다. 찢어진 솜 덩어리들이 가득 찬 것도 잠시, 모두 공기 중에 물방울로 하나씩 변해가고 있었다. 그 모습을 지켜보던 알토스는 올 것이 왔다는 담대한 표정으로 씨러스를 응시했다. 난생처음 보는 씨러스에 알토스는 흥분되었다. 동시에 눈빛 교환을 한 것만으로도 엄청난 행복감을 느끼고, 그것이 마지막이라는 것에 작은 서러움도 있었다. 서러움이 슬픔으로 변하기 전에, 알토스는 얼른 정신을 집중하고 마음을 가다듬었다. 최대한 크게 숨을 들이켜고, 아주 찬찬히 숨을 내쉬면서 최대한 몸집을 가볍고 넓게 드리웠다. 연회색 구름이던 알토스는 차일 같이 몸을 펼쳐 물방울이 돼버린 알토큐뮬러스의 잔재를 다 담아내고 있었다. 알토큐뮬러스를 품 안에 모두 품은 알토스는 은색 빛으로 반짝이고 있었다. 마치 신부 베일이 넓게 흐트

러져 반짝이듯이 그 은색 빛은 하얗고, 반짝이기까지 했다. 상층운의 구름은 그 모습을 보며 감격하고, 뿌듯해했다. 큐물부스는 본인이 희생한 보람이 보답으로 느껴지는 듯했다. 하층운과 함께 있을 큐물러스를 떠올리며 따뜻한 눈빛과 따사로운 표정으로 미소를 지었다. 이러한 모습을 지켜보던 씨러스는 기온 역전 현상을 일으켜 모든 것을 다시 되돌려 막아보자는 의견서를 그저 바라보았다. 씨스와 씨시가 그 옆에서 씨러스의 고민을 덜어주기 위해 얘기하기 시작했다.

"큐물부스도 자기 생명수를 소진해 가며, 여기까지 와서 하층운의 온도를 알려주었어요. 온도 차이를 알려주며 희생한 그를 위해서라도, 태풍을 같이 맞이하시죠."

"맞아요. 구름 세계 8기는 하층운의 큐물러스가 온도 차이를 잘 조절해 나가며 맞이할 거예요. 각자 할 일을 다 했다 봅니다."

"까짓거, 받아들여 보죠!"

큐물부스까지 거들며, 씨러스에게 단호한 의지를 보여주었다. 씨러스는 보고 있던 의견서에 그들의 의지가 담길 글자들이 점점 굵게 변해 음각되고 있음을 보았다.

"좋아요. 이렇게 우리의 역사가 새겨지는군요. 이젠, 막으려 말고, 받아들여 봅시다. 또 새로운 구름 세계를 위해."

그들은 의미심장한 미소를 얼굴에 한가득 하고, 각자 명패가 놓였던 자리로 가 착석했다. 멀리서 강력한 비바람으로 소용돌이치는 태풍이 느껴지기 시작했다. 이내 순식간에 모든 것이 휘몰아치듯 구름 축제장이 회오리, 눈구름, 비바람으로 변했다. 잠시 정지 상태의 태풍의 눈에 갇힌 듯했고, 모든 구름들의 희로애락이 있던 장면들이 파노라마처럼 지나가는 흑백 무성 영화가 상영되는 듯했다. 무채색 영화는 눈 뜰 수 없이 눈부신 새하얀 하늘이 마지막 장면으로 연출되었다.

뭉게구름

뭉게구름

어느덧 강한 빗줄기와 어두운 먹구름이 걷힌 채, 새하
얀 구름이 내 눈 한가득 들어왔다. 아차 싶었다. 나는 하늘
을 올려다보지 않았음에도 불구하고, 구름이 내 눈에 가득
하게 차지하고 있는 것을 알아차렸다. 가끔은 고개를 올려
하늘을 보자는 문구가 생각나는 장면이었다. 동시에 등잔
밑이 어둡다는 말도 와닿는 순간이었다. 하늘 한 번을 제
대로 올려다볼 만큼 여유 없이 살아가는 이들이 얼마나 많
은지, 그들에게 건네는 쉼의 문장들이었다. 바쁜 와중에,
놓치고 살아가는 삶에 알림을 주기도 한다. 나 또한 이러

한 문구들에 익숙해져, 멘탈 강화를 위한 의무적인 산책길에 나서기도 했다. 이럴 때면 주객전도 압박을 떨칠 수 없는 문장이 더 떠오르기도 한다. 기뻐서 웃는 게 아니라, 웃어서 기쁘다는 말처럼 말이다. 이렇게 애써보는 것에 길들어져 있던 나였다. 이제는 굳이 고개를 올려 하늘을 보지 않아도 된다. 따스한 햇볕이 내 팔을 따뜻하게 감싸 안아준다. 내 시선은 어느새 따뜻해진 양팔에서 손끝으로, 손끝에서 펼쳐져 있는 전방을, 전방에서 보이는 주변의 경치가 내 눈에 들어오기 시작한다. 이때 알았다. 일부러 올려다본 하늘이 아니라, 그냥 주변을 응시하고 있는 나에게 보이는 하늘이 있다는 것을 말이다. 굳이 올려다보지 않아도, 내 주변에 항상 자리 잡고 있고, 볼 수 있다는 것을 말이다. 휘몰아치던 구름이 언제 있었냐는 듯, 깨끗하고 선명한 구름이 제각기 새하얀 빛을 뽐내며 둥둥 떠 있는 모습이 보인다. 눈부신 햇살에 당장 인상이 찌푸려지지만, 기분 좋은 눈가 주름들이다. 주머니 속에 있던 구름을 살짝 만져보았다. 꿈틀대는 구름이 만져지니, 입가에 미소가 살짝 머금어졌다.

'그래, 오늘도 이렇게 기분이 좋아. 나의 구름이 아직 있

고, 이렇게 사랑스럽게 움직이고 있어.'

아직 유효한 구름 스티커를 확인하고는, 삶의 존재도 다시금 느껴보는 순간이다. 자연스레 긍정적으로 살아가짐을 느껴보는 찰나이다. 먹구름이 몰려와 모든 것을 망가뜨려도, 이렇게 다시 살아날 수 있음을 느끼는 오늘이다. 오늘 유난히 구름이 더 빛난다. 선명한 구름에 선선하게 불어오는 바람까지 내 기분에 살며시 스며들어 기분 좋은 감정을 불러일으키며 사라진다.

'오늘따라 하늘에 구름이 새하얗고 손에 닿을 것만 같아. 어쩜 이리 몽실몽실 하얗고 동그랗게 있을까. 손가락으로 꾸우욱 찔러보고도 싶고, 손안에 꼬옥 잡아보고도 싶네.'

지쳐가고 있던 오늘, 내 주변이 온통 다운되게 하는 일들로 가득하다고 느껴졌던 오늘이었다. 갑자기 평소 걷던 이 길이, 낯설게만 느껴졌다. 매일 쓰는 핸드폰이지만, 배경화면을 바꾸었을 때 색다르게 느껴지는 기분이랄까. 산책길에 보이는 하늘 배경에 뭉게구름이 가득한 이 상황은 마치 동화 속이나 애니메이션 장면 같이 느껴졌다. 하루 종일 고달팠던 상황과는 아이러니하게도 말이다. 물리적 환경이 변하니, 나까지 덩달아 기분이 좋아졌다. 동화 속 배경 구름

1이 된 것만 같았다. 나름 뿌듯했던 업무 성과를 토대로 자기만족에 상응하는 연봉으로 도배된 회사 생활을 해왔다. 부지런함을 더해, 나를 더 필요로 하는 회사를 찾아 나의 가치를 높이는 일을 반복했다. 안정 추구형과는 거리가 먼 삶이었다. 회사에서 주어진 나의 기능을 최적화하고, 그 기능을 확장해 더 필요로 하는 곳으로 물리적 환경을 바꾸어 주며 살아왔다. 부수적으로 금전도 확장되며 자가 뒷받침이 되어주었다. 매일 같은 일상을 살아가며, 새로운 아젠다를 내 삶에 들여놓기란 아니, 실행해 보기란 생각보다 어렵다. 일상생활을 살아가며, 시간을 쪼개고, 그 시간을 온전히 내 것으로 하기 위해 얼마나 부단히도 바쁘게 살아왔는지. 언제까지 이렇게 열심히 살아야 하나 싶기도 하는 순간이 잦아들었다. 느닷없이 내 손에 있던 구름이 움직여 댔다. 왠지 모를 응원의 움직임으로 다가왔다. 나를 북돋아 주고, 격려해 주는 구름이었다.

'아, 예쁘기도 하지. 그래, 나도 이 정도 했으면 됐어!'

가져본 적 없던, 내 인생에 이런 사치의 시간을 아니, 가치의 시간으로 탈바꿈해 보고자 한다. 사무실에 있던 내 내 축쳐져 있던 내 입꼬리가 어느새 초승달 포물선을 그리는 꼭짓점으로 자리 잡고 있었다. 적막했던 무음의 공간에서 내 귓가에 싱그러운 배경음악들이 들리기 시작하는 것만 같았다. 귓가에 살짝 들리던 배경음악이 점점 강하게 들리면서 내 발걸음도 사뿐사뿐 음악에 맞춰 경쾌해지기 시작했다. 가슴에서 시작된 뭔가의 뜨거운 울컥거림은 찬찬히 따뜻해지고, 그 따스함이 선선해지면서 가열되어 있던 머릿속도 차츰 온도를 맞춰갔다. 두뇌 속의 뜨겁던 연결망들이 점차 서늘해지며, 시원한 바람이 휙 지나가더니 정상을 되찾은 듯했다. 내 머릿속의 뇌는 한껏 더 명석해진 기분이 들었다. 가열되어 있던 뇌가 정상 온도를 되찾고, 습기 가득했던 머릿속이 건조하게 식어가며 기분이 좋아졌다. 머리에서 목 그리고 가슴까지 온도가 천천히 내려가며, 몸속은 습도가 매우 높았던 아열대 기후에서, 적당히 기분 좋은 선선한 가을날의 저녁 날씨와 같아졌다. 마치 성능 좋은 가습기가 엄청 뽐내기를 하는 것만 같았다.

'큐뮬러스, 널 보기만 했을 뿐인데. 참 고마워. 항상 이렇게 있자 서로에게.'

내 눈에 구름을 담으니, 내 주위 배경화면들이 새로이 등장하고, 그 물리적인 변화 속에서의 내 정신적인 마음도 새로워지는 것을 느꼈다. 구름이와 학습하며 마음 안의 구름 공장을 가동하는 법을 터득하는 순간이었다. 나도 모르게 쌓아진 내공과 지혜가 발현된 것만 같다. 주머니 속의 자그마한 주먹을 꺼내, 신선한 바람에 손바닥을 펼쳐본다. 손바닥 중앙에서 다섯 개의 손가락 끝으로 하나하나 온도가 변해감을 느껴본다. 나의 새로운 기분이 적당한 에어로졸 에너지로 변해, 내 손바닥 위에서 구름공장 형체가 되살아나기 시작했다. 희미했던 구름 제작소는 에너지를 되찾아 점점 작업 소리를 내며 분주히 움직이고 있었다. 구름이가 보인다. 마치 외국 여행에서 아는 사람을 우연히 마주친 것처럼 몇 배로 더 반가웠고, 기뻤다. 구름이는 얼마나 더 예쁜 뭉게구름을 생산할 수 있는지 공장장과 열띤 토론 중이었다. 이런 줄도 모르고, 까맣게 잊고 있던 구름이와의 약속이 떠올랐다. 구름을 소유에 그치지 않고, 잘 꺼내어 보자는 단순한 약속이었다. 바쁜 구름이에게 미안해지는 광경이었다.

'나, 너조차 잊었네. 새하얗던 네가 색이 바래져 가고 있는 줄도 몰랐어. 그럼에도 너는 이렇게 소생해 주려고 분주하구나.'

시들어져 있던 큐뮬러스가 생기를 되찾아 가고 있었다. 큐뮬러스는 우리가 닿을 수 없는 상층운이 아닌, 하층운과 중층운 지역에만 있다. 게다가 이런 사랑스러운 모습으로 말이다. 역시나 큐뮬러스를 선택한 것은 정말 잘한 것 같다. 사용하지 않아도 말이다. 모든 것이 리셋되는 것을 선택하기에는, 나 완전히 열심히 살아왔기에, 그보다, 조금씩 더 나은 존재로 다듬어 주는 것이 필요하다고 생각했다. 구름이와 구름공장 소멸에 대해 얘기를 나눌 때, 구름 스티커를 사용하지 않을 거라고 했다. 그럼에도, 그 누구보다 잘 활용할 수 있을 만큼 배울 것이라고 했다. 왜 그런지 묻는 구름이에겐 이렇게 대답했다.

"영원히 갖고 있을 거야. 왠지 너처럼 나의 삶에 방향이 되어줄 것 같아. 그걸 없애면 내가 손해지. 이렇게 경쟁력 있는 도구를 잃고 싶진 않아. 실제로 쓰진 않아도 부수적으로 나에게 도움을 주겠지. 왜, 그런 말 있지. 선한 영향력."

구름이는 참 정성 같다는 표현을 나에게 해주었다. 그땐 구름이가 말한 의미를 깊이 생각하지 못하였다. 사람 농담을 배운 건지, 구름이식 농담인 건지 하고 넘겼었다. 지금에 와서는 안다. 구름이는 농담하라고 요청할 때까지 못한다는 것을. 그러기에 농담처럼 보이는 진담이었던 거다. 구름이한테 진심으로 칭찬을 받았던 거라 생각하니 마음이 시큰해졌다. 이런 내가, 심지어 이름까지 정성이어서 참 좋다. 그리고 구름공장이 사라진다 해도, 남들이 말하는 환상 속의 허구 세계라 해도 좋다. 내 마음속에는 내가 고른 뭉게구름이 항상 있으니 말이다.

'구름아, 나의 무적 파워 슈퍼 구름 스티커! 내 마음속에 그렇게 쏙 붙어 있어! 나도 약속 지킬게!'

에
필
로
그

이 책에서 하층운 구름은 호명하
지 않았다. 현실 세계에서도 많은 이들에게 영향을 주는
인물들은 이름이 남지만, 그 영향을 받거나, 세상의 필수
구성 요소들인, 제각기 주어진 삶을 살아가는 우리는 호명
되지 않는 것과 같을까. 애써 하나하나 나름의 특성과 위
치와 존재의 필요성을 언급하고 싶었지만 말이다. 모든 구
름은 하층운의 땅, 대기 그리고 생명체가 있어야 생성된다.
또한 그 역할을 다하면 소멸한다. 소멸하지 않는 기본 바
탕인 하층운과 함께하고 있는 우리, 굳이 논해야 할까 싶
었다. 명명되는 이름의 뜻과 갖춰진 외형의 모습으로 역할
을 가진 구름보다, 그 구름을 갖고 살아가는 것으로도 나
름 만족스럽지 않을까 한다. 시공간 제약 없이 거침없는 변
화와 발전은 계속 진화하기 때문에 이름이 없다. 그 진화가

다하면 이름이 주어지겠지만 말이다. 입신양명이 우리에겐 그다지 우선순위가 아닌 셈이다. 한마디 덧붙이자면, 우린 정말이지, 참 정성스럽게 살고 있다고. 그 정성이 우리 마음에 간직한 구름처럼 우릴 든든하게 해줄 거라고 말이다.

음, 그리고 사실 한 가지가 더 있다. 구름이가 나에게 알려준 비밀 말이다. 아무리 뭉게구름이라 할지라도, 내적 갈등과 외적 다툼이 감당할 수 없는 지경에 이르면, 뭉게구름은 점점 먹구름으로 변해 적란운으로 변한다는 사실을 말이다.

'허거덩, 큐물러스가 큐뮬부스일수도 있다는 거야?'

이래서 비밀은 없는 것이 맞다. 흐흣!

구름공장
CLOUD FACTORY

초판 1쇄 발행   2024. 2. 6.

지은이 올리비아
펴낸이 김병호
펴낸곳 주식회사 바른북스

편집진행 황금주
디자인 양헌경

등록 2019년 4월 3일 제2019-000040호
주소 서울시 성동구 연무장5길 9-16, 301호 (성수동2가, 블루스톤타워)
대표전화 070-7857-9719 | **경영지원** 02-3409-9719 | **팩스** 070-7610-9820

•바른북스는 여러분의 다양한 아이디어와 원고 투고를 설레는 마음으로 기다리고 있습니다.

이메일 barunbooks21@naver.com | **원고투고** barunbooks21@naver.com
홈페이지 www.barunbooks.com | **공식 블로그** blog.naver.com/barunbooks7
공식 포스트 post.naver.com/barunbooks7 | **페이스북** facebook.com/barunbooks7

ⓒ 올리비아, 2024
ISBN 979-11-93647-85-1 03810